# 永日小品

夏目漱石时代的珠玉名篇

[日] 夏目漱石　著
解璞　译

清华大学出版社
北京

## 内 容 简 介

本书收录夏目漱石《永日小品》(共25篇作品）的全部译文，漱石在作品中既描绘了日本特有的风土人情，又记录了对英国留学生活的追忆。行文优美清新，隽永动人，开一代散文书写之先河。



图书在版编目（CIP）数据

永日小品 / (日) 夏目漱石著；解璞译. —北京：清华大学出版社，2021.10
（夏目漱石时代的珠玉名篇）
ISBN 978-7-302-52349-9

Ⅰ. ①永… Ⅱ. ①夏… ②解… Ⅲ. ①散文集—日本—现代 Ⅳ. ①I313.65

中国版本图书馆CIP数据核字(2019)第034415号

责任编辑：纪海虹
装帧设计：万墨轩图书 · 夏玮玮
责任校对：王荣静
责任印制：杨 艳

出版发行：清华大学出版社
网 址：http://www.tup.com.cn，http://www.wqbook.com
地 址：北京清华大学学研大厦A座 邮 编：100084
社 总 机：010-62770175 邮 购：010-62786544
投稿与读者服务：010-62776969，c-service@tup.tsinghua.edu.cn
质量反馈：010-62772015，zhiliang@tup.tsinghua.edu.cn
印 装 者：三河市东方印刷有限公司
经 销：全国新华书店
开 本：128mm × 185mm 印 张：5.625 字 数：68千字
版 次：2021年10月 第1版 印 次：2021年10月 第1次印刷
定 价：58.00元

产品编号：073527-01

# 题记

《永日小品》从明治四十二年（一九〇九年）一月一日至三月十二日连载于东京《朝日新闻》和大阪《朝日新闻》。后与《文鸟》《梦十夜》《满韩游记》一同收录于《漱石近什四篇》里。有关此作品的笔记，记录在明治四十二年一月左右到六七月的《片断》里。该作品集是应大阪《朝日新闻》之约而写的。漱石在明治四十二年一月十日致坂元三郎的书信中写道："说是要我再写一些像《梦十夜》那样的作品。"同一书信中还写道："我打算每天写一篇寄往大阪。"一月十四日在东京和大阪两份

《朝日新闻》上，文章以“永日小品”为题开始连载。一月一日登载的《元日》、此后的《纪元节》最初并未加上“永日小品”这一总标题。“永日”，指的是春日白昼之漫长，也用于道别寒暄和书信末尾。这里取前者之意。

# 目录

# 元日

我吃了年糕杂煮，回到书房，不一会儿来了三四个人[①]，都是年轻人，其中一个穿着长礼服。不知是否因为穿不习惯，他好像格外小心，怕损伤礼服的面料。其他人都穿着和服，而且都是平常的便装，一点儿也没有新年的节日气息[②]。这伙人一看到穿长礼服的，便每人都说了一声，呀啊——呀！这证明大家都很惊讶。我也最后说了一声：“呀！”

---

① 三四个人：夏目镜子《漱石回忆录》“三十三 谣曲的练习”中写道：“这个元旦，森田〔草平〕君、铃木〔三重吉〕君、松根〔东洋城〕君、小宫〔丰隆〕君等常客都来了，此外森卷吉君等人也来了。森田君穿着崭新的双排扣长礼服，大家都取笑他，他自己也很是介意。”

② 元日：明治四十一年（一九〇八年）元旦。夏目漱石在《永日小品》发表后的翌年，即明治四十三年年初，又在《朝日新闻》上发表了同名随笔《元日》，其中写道：“去年先写了《元旦》的标题，稍想了想如何继续写。结果什么也没想出来，所以只好写了前年元旦的事情。（中略）由于工作需要，不得已才写了一年前极为难以告白的事情。”

长礼服拿出白色手帕，多此一举地擦了擦脸。然后，不停地喝着屠苏酒[1]。其余的家伙们也忙着夹菜吃。就在这时，虚子坐车来了。他穿着黑色和服外套，衣服上还有黑色家徽，衣着极为传统。我问道："你穿这种带黑色家徽的和服，是因为要演能乐剧吧。"虚子答道："对，是啊。"然后，他又说："那我们唱一曲吧。"我回应道："可以，那就唱吧。"

于是，我们俩唱了一曲《东北》[2]。这曲子我在很久以前只学过一点儿，几乎没有复习，所以，多处唱得甚是含糊。而且，连我自己都觉得

---

① 屠苏酒：放入屠苏散、庆祝元旦的酒。

②《东北》：能乐谣曲。作者不明。世阿弥时代的能乐曲目。讲的是东国地区的僧人进京，访问了和泉式部的遗迹东北院。他在名树轩端梅下读经时，一位乡间女子（实为和泉式部的幽魂）出现，讲述了轩端之梅的故事便消失了。此后，和泉式部的幽魂出现在彻夜读经的僧人面前，歌颂和歌之功德，翩然起舞，最后进入东北院。正在此时，僧人从梦中醒来。此曲为充满早春幽婉情趣的"梦幻能（能乐的一种类型）"。梅花别名为好文木，象征着太平之世兴盛的文学艺术。因此，在江户时代，此曲常作为新年伊始表演的曲目。

我这嗓子不怎么样。好不容易唱完了，那伙年轻听众，异口同声地说我唱得不好。其中，那穿长礼服的说：“你的声音颤颤巍巍的。”这些家伙本来连最基础的谣曲常识都不懂，所以我原以为他们很难分出虚子和我唱功的高低。然而，被他们这么一批评，我也不得不承认我是外行，唱不好也是当然。于是连反驳他们胡说的勇气也没有了。

虚子开始谈最近学打鼓伴奏的事。连最基础的谣曲常识都不懂的家伙们便请求他说：“请打一个听听，我们一定要洗耳恭听一下。”于是虚子拜托我说：“那就请您来唱唱吧。”可我对能乐伴奏一窍不通。这对我来说，既是麻烦，却又新鲜有趣。于是我答应道：“那就唱吧。”虚子便让车夫取来了一面大鼓。鼓一到，虚子从厨房拿来了炭炉，开始在熊熊的炭火上烘烤鼓面。大家都吃惊地看着。我对这猛烈的烘烤方式也很吃惊，便问道：“没事儿吧？”“嗯，没事。”虚子一边回答，一边用指尖在绷得紧紧的鼓面上“咚”地敲了一下。确实音色不错。“这就差不多了。”说着，虚子便从炭炉上拿下鼓，开始系鼓绳[1]。穿着带家徽和服的人，摆弄着红绳，那姿态有一种说不出的优雅。这回大家都很佩服地望着他。

不一会儿虚子脱下和服外套，挟抱起鼓来。我拜托他稍等一下。因为首先我还不清楚他在曲子的什么地方打鼓，所以想事先商量一下。虚子很耐心细致地说明了吆喝和打鼓的时机与次数，并说："请您试试吧。"我却一点儿都不明白。但是，如果等到我研究明白了，估计得需要两三个小时，我不得已只好含糊地应承下来。于是，我开始唱《羽衣》[2]的主曲[3]。唱到半行左右，到了"春霞叆叇……"的地方，便开始后悔好像开头没唱好，极没有气势。然而，若是中途开始突

---

① 鼓绳：鼓皮由牛皮制作，需要烘烤后，以鼓绳扎紧才能敲响。

② 《羽衣》：谣曲。作者不明。《羽衣》讲的是天女在骏河（现为静冈县）三保的松原沐浴时，她的羽衣被渔夫白龙（亦作伯龙）拾去。天女哀求道，自己没有羽衣便无法回到天上。白龙终于归还羽衣，并请她表演天上之舞。天女穿上羽衣，在松原的春景之中，跳起月宫舞蹈以感谢渔夫。又俯瞰着富士山，随东游之舞渐渐升天。此曲明快易懂、清新悠闲，因而为人们所喜爱，演出次数极多。

③ 主曲：即"曲"（kuse），为能乐谣曲段落的一种。（见下页）

然奋力唱，却又破坏了曲子整体的和谐。于是，这么萎靡踌躇地硬撑着唱了片刻，虚子冷不防地大声吆喝了一下，“咚”地敲了一下鼓。

我做梦也没有料到，虚子会如此猛烈地来这么一下。我原以为那吆喝声本应是优美而悠长的，结果这一下，简直跟拼命决斗一般震荡了我的鼓膜。我的歌声有两三次被这样的吆喝声冲击，激起了波澜。就在终于渐渐平静下来之时，虚子却又从旁边鼓足了劲，大喊一声恐吓我。我的声音每次都被这惊吓震得颤抖，变得更加微弱了。于是不久，听众们便开始低声地哧哧笑了起来。我自己也在心里觉得荒唐可笑。就在那时，长礼服最先站起来带头笑我，其他人也哄然大笑

---

（接上页）它继承了中世流行艺能“曲舞”（kuse mai）的传统，是以七五调为基准的叙事性韵文乐曲，篇幅相对较长，位于一曲的中心部分。它大多讲述主角的恋爱或战斗等个人体验，或者讲述神社寺院的由来和典故等。其中大部分都由旁白合唱（“地谣 ji uta”），主角在舞台中央或静坐或舞蹈，通过主角的肢体语言来表现旁白合唱的故事。

起来。我也随之一起笑了出来。

结果，我便遭受了一顿狠狠的批评。其中长礼服最会挖苦人。虚子微笑着，无可奈何地自敲自唱，圆满地唱完了一曲。过不久，他说还必须去个地方，便乘车先回去了。他走后，我又被这群年轻人取笑了一番。最后连妻也来一起贬低我这个丈夫，还赞赏虚子说：“高滨先生打鼓的时候，能看到他和服内衬的袖子悠荡起伏，颜色真是好看极了。”长礼服立即表示赞成。但我觉得，无论是虚子衬衣袖子的颜色，还是袖子悠来荡去的样子，都不怎么好看。

# 蛇

推开栅栏，走出门去，只见大大的马蹄印迹里积满了雨水。泥泞的地面一踩上去，便溅起泥水，在脚下扑哧作响，甚至连抬起脚跟都觉得有些疼痛。我右手拿着水桶，抬落脚很不方便。有几次觉得差点摔倒，使劲站稳时，为了保持上身平衡，我真想扔掉手里拿的东西。不一会儿，我把水桶底儿重重地蹾进泥里，因为差点儿倒下，便顺势把上身支在水桶的把手上。抬头一看，叔父在前面已和我拉开约两米远的距离。他穿着蓑衣，肩头挂着绷成三角形的渔网。此时，他戴的斗笠稍微动了动。斗笠下仿佛传来叔父的声音说，“路真难走”。蓑衣的影子不久便被风雨吹皱了。

站在石桥上向下看，黑色的水从草丛中涌出来。若是平日，水还不会没过脚踝三寸，在水底有长长的水藻，如昏睡一般，荡漾摇曳，看起来十分美丽。然而今天却变得浑浊到底了。水下污泥翻涌，水上大雨敲击，正中间漩涡一层层翻滚流过。叔父注视着漩涡好一阵，低声说："能捉到。"

我们俩过了桥，立刻向左拐。涌着漩涡的河流穿过青绿的田地，蜿蜒伸展。河水不知流向何方，我们便跟着它走了一程。后来，走到了广阔的田野里，只有我们两人寂寥地站着，满眼都是雨。叔父从斗笠下仰头望天。天空幽暗，如同罩在上方的茶壶盖子一样。不知从何处不停地落下雨来。一停下脚步，就会听到哗哗的声音。耳边是雨敲击身上的斗笠和蓑衣的声音；接着，还有雨落在周围田地里的声音。远远地，仿佛也夹杂着对面贵王①森林里的雨声。

森林上方，黑云聚集在杉树的树梢，层层叠叠，幽深莫测。云载不动雨的重量，从天上垂坠

---

① 贵王：丰多摩郡大久保村（现为新宿区歌舞伎町二丁目）里的稻荷鬼王神社。夏目漱石从明治四年六月（四岁）到明治六年三月（六岁），曾随养父盐原昌之助住在内藤新宿北町四十六番地。在净土宗太宗寺的正对面，那里距离鬼王神社仅有五六百米。此外，太宗寺和鬼王神社至今仍存在。

下来。云脚缠绕于杉树顶部，眼看差点儿就要落入森林之中了。

我看看脚下，才发觉涌着漩涡的河水不停地从上游流过来。贵王神社里面的池水也被那云侵袭了吧。从漩涡的形状来看，仿佛河水突然变得湍急了。叔父又注视着漩涡，说道："能捉到。"

他说得好像已经捉到了什么似的。不久，便穿着蓑衣直接下了水。虽然水势凶猛，但却并不很深，站着大概到腰的高度。叔父在河中央站稳，面对贵王森林，向着河水上游，卸下了肩上扛着的网。

我们俩在雨声中一动不动，望着汹涌奔流而来的漩涡。在这漩涡之下，一定会有从贵王池水里冲过来的鱼。若是挂网顺利的话，会捉到大鱼呢。我们一心一意地凝视着异常的水色，这水本来就是浑浊的。只见水面浮动，完全不知道水底流过什么。尽管如此，我还是目不转睛地看着叔父，他的手腕已浸入水面之下，随时会行动。然而却怎么等也不动。

雨丝渐渐变黑，水色逐渐加深。从上游涌来一股强劲的漩涡。此时，黝黑的波浪在眼前灼然闪过，霎时间看见了颜色异常的纹理。从那转瞬即逝的一抹光里，我们感到那是个长长的家伙。想必是一条大的鳗鱼吧。

叔父随即逆流撒网。握着网纲的右手腕，反弹般地从蓑衣下抬高到肩头。接着那长长的家伙便脱离了叔父的手，在昏暗的倾盆大雨之中，它画着曲线落在对面的堤坝上，宛如一条重重的绳子。我们还没缓过神来，那家伙便从草丛里突兀地抬起镰刀形脖子，足有一尺长。它就这样一直抬着头，严厉地瞪着我们俩。

“走着瞧！”

那声音的确是叔父的声音。那镰刀形脖子的蛇在草中消失了。叔父脸色苍白，看着扔下蛇的地方。

“叔叔，刚才，是您说的‘走着瞧’吗？”

叔父这才终于转过头来。然后低声答道：“不知道是谁。”至今每次和叔父提起此事，他都会回答不知道是谁，神色也随之变得奇怪了。

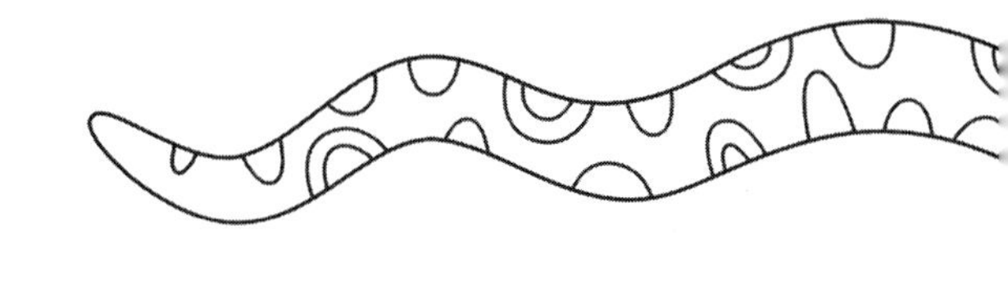

# 小偷 上

我刚想睡觉，走到隔壁房间，被暖炉的气味扑鼻而来。如厕回来，我提醒妻说：“火力好像太旺了，一定要小心。”便回到自己的房间。当时已经十一点多了。我睡在被窝里，如往常一般安稳地做着梦。虽然天冷却无风，也没听到火灾报警的钟声。熟睡仿佛摧毁了存在时间的世界，我在沉睡中失去了知觉。

我刚睡熟，忽然被一个女人的哭泣声吵醒了。我一听，是女仆茂代的声音。她一惊慌失措就哭个不停。前一阵在给家里的婴儿洗热水澡的时候，婴儿碰着热气就抽搐起来，她竟为此哭了五分钟。那是我第一次听见这个女仆异样的声音。她仿佛抽泣般快速地说着什么。宛如诉说，宛如恳求，宛如致歉，又宛如哀悼情人之死——那完全不是惊愕之时普通人所发出的尖锐而简短的感叹的语调。

我就是被这种奇异的哭声惊醒的。声音确实是从妻睡觉的隔壁房间发出来的。同时，隔扇透出的红色火光，一下子照亮了黑暗的书房。这光线一照到我刚睁开的眼皮上，我就立刻以为是着火了，猛地坐了起来。然后，啪地一下子拉开了隔扇。

那时，我还想象着翻倒的被暖炉，想象着烧焦了的被褥，想象着弥漫的浓烟与燃烧的榻榻米。然而，打开一看，煤油灯依旧亮着。妻和孩子亦如往常般睡着。被暖炉照样放在夜晚该放的位置。一切都和入睡前看到的一样，平静、温暖，只是女仆在哭。

女仆仿佛压着妻的被角快速说着什么。妻醒了，只是眼睛一眨一眨地听着，看样子并不想起来。我几乎完全无法判断发生了什么，立在门槛边，恍惚地望着屋子里面。突然，在女仆的哭泣声中出现了“小偷”二字。这两个字一传入我耳朵，仿佛一切疑问都解决了。我立刻大步横穿妻的房间，冲到下一个房间，大声斥责道：“干什么呢？！”然而我冲到的那个房间里漆黑一片。隔壁厨房的防雨板掉了一块，皎洁的月光便洒在房间的门口。我看着夜半更深照进房间里的月影，不禁感到一阵寒意。我光着脚，走进铺木地板的房间，来到厨房水池前面。四周鸦雀无声。向门外窥望，只有一轮明月。于是，我连一步也不想迈出门外了。

回到妻的房间，我说：“小偷逃跑了，放心吧，什么也没偷走。”妻这时才终于起来了。她一言不发地拿着煤油灯，来到那个黑暗的房间，举着灯照着衣柜。双扇的柜门被拆了下来，抽屉敞开着。妻看着我说：“还是被偷了。”我也终于发觉小偷是偷了东西之后逃走的。不知为何，忽然觉得自己很糊涂。看看另一边，哭着把我们叫醒的女仆的被子铺在那里。枕头边上还有一个衣柜。那个衣柜上又放着一个小杂物柜。据说那里装的是年底给医生准备的医药费及谢礼等。我让妻查看了一下，说是这边原封没动。刚才女仆哭着从檐廊冲出去，所以可能小偷也不得已地工作到一半就逃走了吧。

这期间，睡在外间的家人也都起来了。大家议论纷纷。有的说，“就在刚才我还起夜了呢”；还有的说，“今晚我睡不着觉，两点左右的时候还没睡着呢”，都表示很遗憾。其中，十岁的长女说：“小偷从厨房进来的，还吱吱嘎嘎地踩着檐廊走，这些我都知道。”“啊呀呀！”阿房惊讶不已。阿房十八岁，是我亲戚家的女儿，和长女睡在同一个房间。我又回房睡了。

# 小偷 下

翌日，由于昨晚的骚动，我比平常晚起了一会儿。洗完脸，正吃着早饭，我便听见厨房里女仆吵闹着说发现了小偷的脚印，又说没找到小偷的脚印。我觉得烦扰就回了书房。刚回书房不过十分钟，便听见门口有人叫门，声音很粗壮。厨房那边好像听不到，我便出去接待，结果是一位警察在格子门前站着。他笑着说："听说您家来小偷了呀？"还问，"锁好门了吗？"于是我便答道："没有，好像没有锁好。"他便提醒说："那没办法，没锁好门从哪儿都能进来呀，防雨板一块一块都必须钉好钉子。"我"哎、哎"地答应着。见了这个警察，我开始觉得做错事的不是小偷，而是没管好家的主人。警察转到厨房，在那里叫住妻，询问丢失的东西，并记录在备忘本上。"软缎的圆衣带一条，对吧？——圆衣带是什么呢？写圆衣带就明白了吗？ 好的。那么就写软缎的圆衣带。然后……”

女仆窃窃地笑着。这个警察连圆衣带和昼夜带[1]都不知道。真是个极为单纯有趣的警察。不一会儿，失物清单上便写了十件物品，下面记录了价格，警察确认说：“一共是一百五十日元[2]吧。”说罢就回去了。

我到这时候才明白丢了什么东西。丢失的十件物品都是衣带。昨天来的，是个专偷和服衣带的小偷。眼看着马上过新年了，妻的脸色变得异常难看。说是孩子在正月里的头三天都换不上和服了。真是没办法。

---

① 圆衣带和昼夜带：圆衣带，《言海》中有“全带”（maru obi）的解释，即“妇人的宽衣带，用整个一块绢布折叠，内外缝合而成的衣带。以各色布缝合而成的衣带叫作昼夜带”。此外，平出铿二郎在《东京风俗志》里写道：“女子衣带有圆带、昼夜带、引带等，圆带为同种布料折叠而成，在正式场合使用。”此外，昼夜带，指表里用不同的布匹制作的女式衣带。由于开始时用黑色天鹅绒和白色软缎合起来制作而成，因此，以白黑比喻昼夜，称为昼夜带。亦称鲸鱼衣带、正反衣带。

② 一百五十日元：根据《明治大正国势总览》（东洋经济新报社编 昭和二年即一九二七年刊行）的记载，明治四十二年的大藏省调查的白米零售市场价：一石为十七点五九二日元。

午后，刑警来了。他进客厅到处查看，甚至连厨房的小桶都搜查研究一番，说是小偷可能会在桶里点根蜡烛作案。我说：“差不多了，就请喝杯茶吧。”便请他到朝阳的客厅里坐下来说话。

他说，小偷大抵从下谷、浅草一带坐电车过来，翌日早上又坐电车回去。一般是捉不到的。又说，如果捉到的话，刑警这方面倒受损失。带着小偷坐电车，得赔上车费。打官司的话，还要损失便当费。而警视厅要拿走一半的保密费，其余才会分摊给各个警察。还说，牛込地区只有三四个刑警。——我原本相信，靠着警察的力量，事情大都能解决，现在却感到极为不安而无助了。说这些话的刑警也露出了不安而无助的表情。

我找经常拜托的工匠，想把门户修理一下。结果不巧，年末他们工作忙，不能过来。过一阵儿就到了晚上。没有办法，只好还是照常睡觉。大家都觉得很害怕。我的心里也不好过，这种情况就像是被警察宣告说，小偷就应该大家各自去对付的一样。

尽管如此，我还是想着，此事刚发生过，今晚应该没事儿吧，便放心躺下了。正如此想着，半夜又被妻叫醒了。她说：“从刚才开始，厨房那边就‘咔哒咔哒’地响，好害怕。你起来去看看吧。”的确在“咔哒咔哒”地响。妻则是一副小偷已进屋的表情。

我轻轻地出了房间，蹑手蹑脚地横穿过妻的房间，来到隔扇旁，便听见隔壁女仆打鼾的声音。我尽量轻轻地打开隔扇。然后，在漆黑的房间里，我独自一人站着。咣当咣当，有个声音在响，可以确定是从厨房入口传来的。我摸着黑，像影子一般移动，朝着声音传来的方向走了三步，便已经到了房间的出口。那里有个拉门，外面接着就是铺着木地板的厨房了。我贴着拉门，在黑暗中侧耳倾听。不久咣当地响了一声。过一会儿，又咣当一声。这奇怪的声音我大约听了四五遍。然后，确定这一定是木地板左边的橱柜里传出来的声音。于是，我的脚步和行动立刻恢复了正常，回到妻的房间。对她说：“老鼠在啃东西呢，放心吧。”妻很是庆幸地回答说：“是吧。”然后，我们都安下心来睡着了。

到了早上，又是洗脸的时候。来到客厅，妻子拿着老鼠啃过的鲣鱼干，放在饭盘前面说：“昨晚是这个东西呢。”我望着一晚上被啃得惨不忍睹的鲣鱼干，说道：“啊，原来如此。”接着，妻便愤愤地发牢骚说：“你要是顺便赶走老鼠，把鲣鱼干收起来就好了。”我到这时候也发觉那样做就好了。

# 柿子

有个叫小阿喜的孩子，皮肤光滑，眼睛炯炯有神，只是不像一般发育良好的小孩脸色那么透亮。稍微一看，就会感到整个脸有些发黄。经常来的女理发师说，那是因为他的母亲太宠爱孩子了，不让他到外面玩的缘故。他的母亲在当今这个流行束发的时代，还每隔四天一定要梳一次旧式发髻。对自己的孩子，也叫着“小阿喜、小阿喜”的，不论什么时候，总在前面加个“小”字。这位母亲之上，还有一位梳着垂发髻[1]的祖母，那位祖母也总是“小阿喜、小阿喜”地叫着。还常说，“小阿喜该去学琴了”“小阿喜不许随便出门和外面的小孩们玩呀”。

为此，小阿喜几乎没有出来玩耍过。不过，

① 垂发髻：明治时期的遗孀所梳的发型。将头发在颈部处剪断，以献给故人。不扎起发髻，而是将头发拢下来。

他家的邻居也的确不太高雅。前面是卖盐味脆饼干的店家。隔壁是瓦匠家。稍往前走，是为旧木屐更换鞋跟的人家和焊补、修理锁头的人家。然而，小阿喜的父亲则是银行职员。围墙里面种着松树。到了冬天，园丁便会来这个狭窄的庭院，铺上满满一层枯松叶。

小阿喜没有办法，从学校回来觉得无聊，就去后院玩耍。后院是母亲和祖母浆洗衣服的地方，是女仆佳子洗涤衣服的地方。到了年底，男人们包着打结头布，抬着磨，来这里捣年糕。另外，家人还在这里腌制咸菜，腌好之后再塞进木桶。

小阿喜来这里和母亲、祖母以及佳子玩。有时没有玩伴，却也自己一个人在这里玩。那样的时候，他常常隔着浅浅的树篱笆缝儿，窥望着后面的长屋①。

长屋有五六间房。绿篱笆下面是一米多高的峭壁，所以小阿喜窥望时，刚好能从上面俯看到

---

① 长屋：许多户合住在一起的细长房屋。大杂院。

长屋。小阿喜怀着童心，这么俯看着后面的长屋觉得很愉快。看到在兵工厂[1]干活的阿辰露出膀子喝酒的时候，小阿喜便对母亲说："下面在喝酒呢。"看到木匠源坊打磨锛子的时候，便告诉祖母："下面磨些什么呢。"此外，他还如实报告着，"下面在吵架呢""在吃烤红薯呢"，等等。每次他这么说，佳子便会放声大笑。母亲和祖母也会愉快地笑着。小阿喜最擅长这样把别人逗笑。

小阿喜这么窥望着长屋后院，有时候也会和源坊的儿子与吉对视。这样，他们隔三岔五就会说上一次话。然而，小阿喜和与吉两人说话不可能投机。每次都是以吵架告终。与吉从下面喊："喂，青脸鬼，肿脸鬼！"小阿喜便从上面说："哼，鼻涕

---

① 兵工厂：炮兵工厂（正式称为东京炮兵工厂）的俗称，是旧陆军的中心兵器工厂。江户幕府所设立的关口大炮制作场，为其前身。维新后，收为官用。明治三年由兵部省造兵司管理。明治四年六月，移入小石川的旧水户藩邸内，相当于现在日本东京文京区东京巨蛋的位置。明治八年改称为炮兵本厂，明治十二年成为东京炮兵工厂。大正十二年九月一日，东京大地震时大部分烧毁，昭和八年移入小仓之前，都制造着陆军枪炮和火药。其工厂烟囱吐出很多煤烟，甚至被写入森田草平的小说《煤烟》之中。

鬼，穷鬼！”说着，还轻蔑地翘翘圆圆的下巴。有一次，与吉生气了，从下面伸上来一个晾衣竿。小阿喜吓了一跳，逃回家去了。还有一次，小阿喜把用毛线缝得很漂亮的皮球掉到了峭壁下面，与吉拾到了，怎么都不肯归还。小阿喜拼命催促他说：“还给我吧，丢上来吧，喂喂！”然而，与吉拿着皮球，摆着架子挺身站着向上看。还说：“你道歉，你道歉我就还给你。”小阿喜便说：“谁会向你道歉，小偷！”说完就来到做针线活儿的母亲旁边哭了起来。母亲便来了劲儿，正式派佳子去取皮球，与吉的妈妈只是说了句，“真是对不起了”，皮球到底也没有还给小阿喜。

此后过了三天，小阿喜拿着一个大红柿子，又到了后院。就在这时，与吉也和往常一样来到峭壁下面。小阿喜从绿篱笆中间，伸手拿出个红柿子说：“这个给你呀。”与吉从下面瞪着眼，盯着柿子说：“为啥，为啥，俺才不稀罕那个呢。”说着一动不动地盯着看。小阿喜说：“不要吗？你要是不要的话就别再要咯。”说着他从绿篱笆中间收回了手。刚收回手，与吉便说："还没说明白为啥呢，为啥呀，不说我揍你咯！"一边说一边靠近峭壁走过来了。"那你还是想要咯？"小阿喜又拿出了柿子。"我才不想要呢，什么好东西！"与吉瞪大眼睛，向上望着。

这样的问答重复了四五遍后，小阿喜一边说着"那就送你吧"，一边把手里的柿子啪嗒一声从峭壁上扔了下去。与吉慌忙地把沾着泥巴的柿子拾起来。一拾起来，他就咬了一大口。

结果，与吉的鼻翼抖动着，厚厚的嘴唇也撇向右边。随后，"呸"地一口吐了出来。他的眸子里充满了极度的憎恶，说："好涩呀，这玩意儿！"说着便把手里的柿子扔向小阿喜。柿子飞过小阿喜的头，打到后院的库房上。小阿喜喊道："瞧你，馋鬼！"一边喊一边跑着回家去了。不一会儿，小阿喜家里传出一阵大笑声。

# 火盆

我一觉醒来，昨夜抱着睡觉的怀炉在肚子上变冷了。透过玻璃窗，沿着屋檐向外望去，阴沉的天空，看上去仿佛一块三尺宽的铅。胃痛感觉好多了。索性起床，却发现比预想的还要冷。窗下还积着昨日[1]的雪。

浴室冻得都是冰，坚硬地闪着光。水管冻住了，水龙头也拧不动。终于用温水搓了搓身体，便去起居室里沏了杯红茶，刚把茶倒入茶碗的时候，两岁的儿子[2]像往常一般，忽然哭了起来。这孩子前天也哭了一天。昨天又继续哭。我问妻怎么了。妻说："没什么，就是因为冷。"真是无可奈何。确实，他哭得慢吞吞的，似乎不疼也并

---

① 昨日：根据荒正人编《漱石研究年表》，昨日指的是明治四十二年（一九〇九年）一月八日。

② 两岁的儿子：指的是次男伸六。他生于明治四十一年十二月十七日。因此在本作品里，他应该是出生后不满一个月的婴儿。

不很痛苦。然而，孩子都已经哭出来了，还是有什么不安之处吧。听着听着，结果我这边倒是不安了起来。有时候感到讨厌。有时候还想大声呵斥他，但觉得他毕竟还太小，不能训斥。只好忍着。前天、昨天都是如此，今天一整天又是如此。想到这里，一早上心情就不好。因为我胃不好，这阵子坚持不吃早饭，便拿着红茶茶碗，回了书房。

我用火盆烤着手，稍微暖和一些了，对面房间的孩子却仍然在哭泣。烤啊烤啊，烤得仿佛手掌里都能冒烟一般热了起来。然而，从后背到肩膀却极为冰冷，尤其是脚尖都冻透了，甚至有些疼痛。于是我无可奈何，只好一动不动地待着。手稍稍一动，就会碰到什么冰冷的地方，就像碰触到尖刺一样让人难受。甚至连转动脖子时，脖根都会划到冰凉的和服领子，冷得难以忍受。我忍着从四面八方袭来的寒冷，蜷缩在十张榻榻米大的书房正中间。这个书房铺着木地板。在应该放椅子的地方铺上了绒毯，我把它想象成普通的榻榻米一样坐在上面。

然而，地毯狭窄，四面都露出二尺宽的光滑的地板，泛着光。我一动不动地望着这地板房间，蜷缩成一团，儿子还在哭泣。我真是没心思工作。

这时，妻走进来，说借用一下手表。还说，又下雪了。我看了看，不知何时，开始零零星星地下起雪来。雪在无风而浑浊的半空中，无声无息、不慌不忙、冷酷无情地飘落下来。

“喂，去年孩子生病，烧火炉的时候用了多少煤炭钱呢？”

“那时候月末花了二十八日元。”

我听着妻的回答，打消了烧暖炉的念头。暖炉就扔在后院的库房里。

“喂，能不能让孩子稍微安静点儿？”

妻露出一副无可奈何的表情。然后说：“看孩子的阿政肚子痛，看着相当难受，要不拜托林医生给她看看吧。”

我知道阿政躺了两三天了，却没有想到情况如此严重。我便催促说：“早点儿叫医生来看看为好。”妻答道：“就这么办吧。”于是拿着手表出去了。她关门的时候说：“这个房间太冷了啊。”

我依然身体冻得发僵，无心工作。说实话，工作堆积如山。首先必须要写出一期的稿子来。还要为一个陌生的青年看两三篇短篇小说。此外还和某杂志约好了要写信介绍某人的作品。这两三个月，应该读却还未读的书籍在桌边堆得高高的。这一周，刚要坐在桌前工作，就会有客人来。他们都会带来些问题和我商量。而且，我的胃还很疼。从这一点来说，我今天是幸运的。然而，无论如何都觉得寒冷懒怠，火盆不能离手。

这时，有人在门口停车。女仆过来说：“长泽先生来了。”我蜷缩在火盆旁边，翻了翻眼睛，对着进来的长泽说：“我冷得动不了了呢。”长泽从怀里拿出信来读，说本月十五日是旧历正月新春，请您一定帮忙筹措。依然是和我商量钱的事情。长泽过了十二点便回去了。然而，我还是冷得不行。干脆还不如去洗个澡，振作一下精神。于是我拎着手巾，走出门口。正巧碰上叫门的吉田。我便请他进客厅，听他讲述自己的种种遭遇。他说着说着，簌簌地落泪哭了起来。此时，里屋那边医生来了，好像有些混乱。吉田终于回去之后，孩子又哭了起来。我终于去洗澡了。

洗完澡，我才觉得暖和了。心情爽快地回到家，进了书房。发现油灯已点上，窗帘也拉上了。火盆里又加了新的煤炭。我安稳地坐在垫子上。刚坐下，妻从里屋过来说着："你冷了吧！"便为我送来了一碗荞麦面汤。我问阿政的情况，她说："说不定是得了阑尾炎呢。"我手里接过荞麦面汤，答道："如果严重的话，还是让她住院为好啊。"妻说着，"是啊"，便回起居室去了。

妻出去之后，房间里突然变得安静了。真是一个寂静的雪夜。幸好哭泣的孩子似乎睡了。我喝着热荞麦汤，在明亮的油灯下倾听着新添的煤炭发出噼噼啪啪的响声，看着红色的火苗在围起来的炭灰中微微摇晃。有时，淡青色的火苗从煤炭之间冒出来。我看到这炭火的颜色，才感到了一天的温暖气息。我这样注视着渐渐发白的炭灰，看了足有五分钟。

# 寄宿

第一次寄宿[①]是在北方的高地。我看中了那个小巧精致的二层红砖建筑，于是付了一周两英镑的租金，租下了里侧的一间屋子。这样的房租有些昂贵。房东解释说，目前独占着外间的K氏[②]还在苏格兰巡游，暂时不回来。

---

① 第一次寄宿：明治三十三年（一九〇〇年）十一月十二日搬入的85 Priory Road, West Hampstead, London, N. W. 6，即Miss Milde家的公寓。此前刚到伦敦时所住的76 Gower Street, London, N. W. 1的公寓仅仅是暂住之所，因此，这里记述为“第一次”。

② K氏：指的是长尾半平。庆应元年（一八六五年）至昭和十一年（一九三六年）。明治二十四年七月毕业于帝国大学的工学部土木科。明治三十三年四月当台北市区计划委员时，曾出差去欧洲，八月成为临时台湾基隆驻港的工程师。他奉台湾总督后藤新平之命令出差，可以不受资金和时间的限制。但若只是从K的称呼上看，也可认为此处兼指当时和长尾一起在伦敦的门野重九郎。门野为实业家，生于庆应三年，明治二十四年毕业于帝国大学工学部。在自传回忆录《平平凡凡九十年》（昭和三十一年）中，门野回忆了和长尾二人在寄宿时关照漱石的事情。

所谓的房东太太，是一位眼睛凹陷、鼻子微翘、下巴和脸颊尖尖、面目敏锐逼人的女人。稍微一看，无法判断其大致的年龄，她已经不像个女性了。我猜想，抽风、多心、赌气、争强好胜、疑惑等所有的弱点都狠狠地捉弄了她原本平和的容颜，使她变成了如此扭曲的相貌吧。

房东太太有着与北国人不相称的黑头发和黑眼睛。然而，她的语言却和普通的英国人毫无二致。搬家的当日，楼下招待我去喝茶。下了楼一看，其他人都没在家。在朝北的小小餐厅里，只有我和她两个人对坐。我环视着仿佛没进过阳光的昏暗房间，看到壁炉台上插着一株寂寥的水仙。房东太太一边劝我喝茶吃烤面包，一边聊着各种各样的话题。当时，一个偶然的机会，她倾诉说，自己出生的故乡不在英国，而在法国。然后，她闪动着黑眼睛，回望着插在后面玻璃瓶里的水仙，说道："英国总是阴天，太寒冷了。"那语气好像在告诉我说，连花也像这样不美了吧。

我在心里比较着，这开得零落的水仙和这女

人褪色般苍白而干瘪的脸颊，想象着她在遥远的法国所做的温暖的梦。在主妇的黑头发和黑眼睛之中，残留着多年前空虚的历史，还有那消逝于往昔中的春的气息吧。我问道："你说法语吗？"

"哦，不"，她刚要这样回答，便立刻中断，连着说了两三句流利的法语。从如此骨瘦嶙峋的喉咙里竟不可思议地发出如此美妙的语调。

那个黄昏，晚餐时，有位秃头白须的老人坐在桌边。主妇介绍说，这就是我的父亲。我才意识到，真正的房主人是这位老人。他用词很奇怪。稍微一听就知道绝不是英国人。我暗想：原来是父女二人渡过海峡，来到伦敦定居的。结果紧接着，老人没等我问，就自己介绍说："我是德国人。"我有些意外，就只附和了一句："是吗？"

回到房间，读了一会儿书，不知怎的格外惦记着楼下的父女。那位老父与那个骨瘦如柴的女儿比较起来，没有任何相似之处。父亲的脸胖得仿佛肿胀一般，在脸正中间横卧着短粗多肉的鼻子，还跟着两个细细的眼睛。南亚有位叫克鲁格[①]（Kruger）的总统。那位父亲很像此人。我一看到那面孔就很不舒服。而且，他对女儿说话时，气氛并不融洽。他牙齿不好，说话咕咕哝哝，然而却不知为何，感觉语气粗暴。女儿面对老父的时候，凶险的脸显得更加气势汹汹。怎么看都不是普通的父女。——我这样想着，便睡下了。

翌日，吃过早饭下楼，除了昨晚的父女之外，又多了一位家人。新出现在餐桌旁的是一位气色很好、亲切热情的四十岁左右的男人。我在餐厅看到他的时候，才感到活在人间的生气。主妇介绍这个人说，“my brother（这是我的哥哥）”。果然不是丈夫。然而，如果说是兄妹，两人长相差异也太大了。

那天，我没吃午饭，三点之后回来，进了自

---

① 克鲁格：Kruger, Stephanus Johannes Paulus。生于南非的开普殖民地，是布尔人政治家。一八六三年担任德兰士瓦（Transvaal）共和国总司令官。一八七七年担任副总统，反对英国合并德兰士瓦，获得独立后，从一八八三年到一八九九年，连续四期当选德兰士瓦共和国总统。一八九九年南非战争开始后，他于一九〇〇年到欧洲寻求支援，未能成功。一九〇二年德兰士瓦共和国被英国合并。他于一九〇四年客死于瑞士。

己的房间。不一会儿，就有人叫我去喝茶。那天又是阴天。打开昏暗餐厅的门，房东太太一个人孤零零地坐在暖炉旁的茶器前。这次烧了煤，所以多少感到些温暖开朗了。刚燃起的火焰照亮了她的脸庞，她的脸不仅微微发热，而且还稍涂了些脂粉。我在房间的入口处，深深地察觉到那化妆背后的寂寥之情。房东太太目光一闪，仿佛看出了我的想法。这次我从她那里听说了这一家的情况。

房东太太的母亲，在二十五年前嫁给一位法国人，生了这个女儿。相伴几年的丈夫后来亡故了。母亲便带着女儿，又嫁给了一位德国人。这位德国人就是昨晚的老人。目前，他在伦敦的西区[①]开了家裁缝店，每天通勤去那里。他前妻的

---

① 西区: West End，泰晤士河北岸的伦敦大体可分为三区，即城区、东区和西区。城区（The City of London）是过去城墙内的旧伦敦市区，是商业中心地。城区东面是东区，西面是西区。西区是政治、流行文化、消费生活的中心，有王宫贵族的邸宅、俱乐部、博物馆、美术馆、剧场、议会、威斯敏斯特寺院，还有公园和庭院等富裕的地带，与东区的贫穷形成对照。

儿子也在同一家店里干活，但是父子感情非常不好。同住在一个家里，也没说过话。儿子每夜一定晚归。在门口脱了鞋，只穿袜子，背着父亲悄悄从楼下走过，回到自己房间睡觉。母亲很久以前便去世了。去世前拜托父亲，多多照顾儿子。结果，母亲的遗产都到了老爷子的手里，儿子一分钱也不能随便用。没有办法，只好寄宿在这里，存着零钱。艾格尼丝呢——

房东太太没有再说下去。艾格尼丝是一个十三四岁女孩的名字，她在这里做仆人。那时我发觉，当天早上见到的那位儿子好像与艾格尼丝长得有某些相似之处。正在那时，艾格尼丝抱着烤面包从厨房里走了出来。

“艾格尼丝，吃烤面包吗？”

艾格尼丝沉默着，接下一片烤面包，又回到厨房那边去了。

一个月之后，我便离开了这个寄宿之处。

# 过去的味道

我离开这家公寓的大约两周前，K君从苏格兰回来了。那时，房东太太把我介绍给了K君。两个日本人在伦敦的高地住宅区里一个小小的家中偶然相遇。由于还没有互报姓名，便通过一位不明身份和来历的外国妇人介绍，相互点头问好，现在想来都觉得不可思议。那时，这位老女士穿着黑色衣服，向前伸出骨瘦如柴、毫无光泽的手说："K先生，这位是N先生，"话音未落，紧接着伸出另一只手，指向对方说，"N先生，这位是K先生。"她如此公平地介绍了双方。

这位老女士的态度是如此威严庄重，仿佛在举行一个重要的仪式。对此，我颇为惊讶。K君站在我的对面，微笑着，在他那好看的双眼皮边儿上显出一点儿皱纹。我与其说是笑，不如说是感到了一丝矛盾的寂寥。我站着在那儿想，要是在幽灵的媒妁之下举行婚礼，恐怕会是这种心情。这位老女士的黑影所经之处，都会失去生气，立刻变为古迹吧。我只觉得，若是不小心碰触了她的身体，那碰她的人的血液也会变冷的。听着门外渐渐消失的女人的脚步声，我才回过神，转过头来。

老女士走出去之后，我和K君立刻熟络起来了。K君的房间铺着美丽的绒毯，挂着白绢的窗帘，放着华美的逍遥椅和摇椅，而且还附带一间小小的卧室。最令人欣喜的是，这里一直都烧着暖炉，毫不吝惜地烧着煤炭，炉火闪闪发光。

此后，我开始在K君的房间，和K君两人一起喝茶了。白天我们经常一起去附近的饭店。结账的时候，K君必会请客。K君据说是来做建筑港口调查的，有很多钱。在家的时候，他穿着带有花鸟刺绣的绛紫色软缎长袍，看起来非常愉快。与之相反，我穿着离开日本时穿的和服，而且已经很脏了，甚是丢人。K君说这有些过分，便借给我钱，让我买新衣服。

那两周，K君和我说了很多话。K君说现在

马上就要组建庆应内阁了。据说是因为组成内阁的人都是庆应年间出生的，所以叫庆应内阁。他问我："你是哪年出生的呢？""我回答："庆应三年。"他便笑道："那么你也有当内阁成员的资格。"我记得K君应该是庆应二年或者元年出生的。我要是再晚一年出生，便失去和K君一起参与国家机要的权利了。

我们说着这样有趣的话，有时候也会谈到楼下的一家人。这时，K君总是皱着眉，摇着头说，叫艾格尼丝的女孩是最可怜的。艾格尼丝早晨会为K君的房间里搬来煤。午后，便会拿来茶、黄油和面包。沉默着拿来，沉默着放下离开。无论什么时候见到，她总是脸色苍白，用大大的湿润的眼睛稍微打一下招呼。影子一般地出现，影子一般地下楼。从未听过她的脚步声。

有一次，我对K君说，在这里住得不愉快，打算搬出去。K君很赞成。还提醒说："我是为了调查到处行走，住在这儿倒是没事；像你这样的，应该找个更舒服的地方落脚，好好学习呢。"

那时候，K君说要到地中海对岸去，正在不停地准备着行装。

我离开这家的时候，老女士恳求我别搬走。她甚至说，可以降低房租，K君不在的时候，我可以用他的房间。我还是坚持搬到南方去了。同时，K君也去了远方。

两三个月后，突然接到了K君的来信。信上写着："我从旅途回来了。目前还在这里，请过来玩吧。"我本来想立即去的，但由于很多事不方便，没有时间去这个国家的北端。过了一周，因为去伊斯灵顿[①]（Islington）那边办事，回来的时候顺路去了K君住的地方。

从外面二层的窗户上看去，那白色纺绸的窗帘还拉得紧紧的，映在玻璃上。我想起温暖的火炉、绛紫色软缎的刺绣、逍遥椅和快活的K君的旅行见闻，想要精神焕发地走进门，跑上楼梯。

---

① 伊斯灵顿（Islington）：伦敦郊外，城区（The City）的北方，在摄政公园（The Regent's Park）东边。

于是，咚咚地敲了敲门。门的那面没有脚步声，我想可能没人听见。刚要再敲门的时候，门自己开了。我从门槛走进去一步。然后，看到了一直抬头盯着我、仿佛在道歉的艾格尼丝的脸。那时，这三个多月以来已经忘记的、过去寄宿的味道，在狭窄走廊的正中间如同闪电般划过，刺激着我的嗅觉。在那味道里一齐出现了那黑头发黑眼睛的女人、克鲁格般的脸、长得像艾格尼丝的儿子、儿子的影子般的艾格尼丝、还有他们之间隐藏的秘密。我闻到这气味之时，在黑暗的地狱里清晰地发现了他们的情意、动作、语言和脸色。我无法忍受，甚至不敢走上二层去见K君了。

# 猫之墓

搬到早稻田之后，我的猫渐渐消瘦起来，似乎一点儿也不想和孩子们玩了。太阳照着它的时候，它就在檐廊上睡觉。摆好前爪，把方方的下巴放在上面，安静地望着庭院里的树丛。它总是一动也不动。无论孩子们在它身边怎么吵闹，它都装聋作哑。孩子们也开始不和它玩了。他们好像觉得这猫无论如何也不能做玩伴了，把这位老友当外人对待。不仅是孩子们，女仆也只在厨房角落里为它摆下一日三餐，别的事几乎不再理睬。而那食物大抵都被邻居的大花猫吃掉了。我这猫却没有生气的样子，也没见它要吵架。只是一动不动地睡着。然而，它睡着的样子总好像不太舒服。它并不是悠然自得，安适地躺着晒太阳，而是没有力气去移动身体——这么说也不足以形容它。它超过了倦怠的某个限度，不动便寂寞，动了更寂寞，所以只好忍着，一动不动地忍受着。它的眼睛，一直看着庭院中的植物，然而它恐怕连树叶、枝干的形状也没有意识到吧。那些景物，只是模模糊糊地映在那泛绿的黄色瞳孔里。正如家里的孩子没有意识到它的存在一样，它自己也没有清晰地意识到这个世界的存在吧。

尽管如此，它有时还好像有事出门。这样的时候，它总是被附近的花猫追赶回来。然后，它很害怕地跳上檐廊，撞破关着的拉门，一直逃到里屋的地炉旁边。只有在这时候，家里人才注意到它的存在。它也只有在这时候，才满足地觉察到自己生存的事实吧。

这样接连几次，猫那长长的尾巴毛渐渐开始脱落。一开始还是星星点点地，像小坑一样地部分凹陷下去。之后，脱落范围扩大了，露出发红的皮肤。身体无力地耷拉着，看着都觉得可怜。它对一切都感到疲惫不堪，蜷着身体，不停地舔着疼痛的地方。

我说："喂，这猫好像有些不对劲呢。"妻便极为冷淡地说："是呀，就是因为上年纪了吧。"

于是我也就搁置不管了。结果，不久后，它便开始有时在一日三餐时呕吐[1]。它的咽喉周围剧烈地起伏着，发出既不像喷嚏又不像抽噎的痛苦声音。看着似乎很难受，我却也无可奈何，发现了只好把它赶到外面去。不然，它便会毫不留情地把榻榻米或被子弄脏。为客人准备的八端绸[2]的坐垫，大部分都是它给弄脏的。

“真是没办法。它肠胃不好吧。拿些宝丹[3]什么的，化在水里给它喝吧。”我说道。

妻什么也没说。过了两三天，我问：“给它喝宝丹了吗？”妻便回答：“给它喝也没用，它不张嘴。”然后又说，“一给它吃鱼骨，它就吐。”我一边看书，一边有些严厉地斥责道：“那就不

---

① 一日三餐时呕吐：明治四十一年七月三十日致小宫丰隆的书信中写道：“猫随便呕吐，真是难办。”

② 八端绸：也写作“八端”。纵横编织着褐色、黄色条纹的丝绸。用于做被褥里等。

③ 宝丹：文久二年（一八六二年）从江户池之端的守田治兵卫店开始销售，是红褐色湿润粉末状的兴奋剂，用于治疗头痛、恶心、头晕等。

给它吃嘛！”

猫只要不吐，便会依然如故温顺地躺着。这几日，它安静地蜷缩着身体，仿佛只有支撑着自己身体的檐廊可以依靠。蹲伏的样子真是极为萎靡。目光也渐渐有了变化。开始的时候，在它看近处的目光里，仿佛映出远远的事物，在悄然沮丧之中还有几分沉着镇定。然而，渐渐地却变得奇怪起来，眼色渐渐消沉下去，仿佛日落时划过天空的微弱闪电①。只是我没有管它。妻好像也没有记挂它。孩子们当然连猫的存在都忘记了。

一天晚上，它趴在孩子们睡着的被角儿上。不久便像自己捉到的鱼被夺走一样发出呻吟。此时，只有我觉得奇怪。孩子们睡得很香。妻专心致志地做着针线活。不久后，猫又呻吟起来。妻终于放下手里的针线活。我说：“这只猫怎么了，要是半夜咬了孩子的头可就糟糕了。”妻说着“不会吧”，便又开始缝起衬衣的袖子。猫不

---

① 闪电：此形容猫的眼光的词语，在下文被写入俳句中。

时地呻吟着。

翌日，猫蹲在地炉边上，呻吟了一天。倒茶、取水壶都让人觉得可怕。然而，到了晚上，我和妻都忘了猫的事。实际上，猫就是在那晚死去的。到了早上，女仆去后面的库房取柴时，发现猫倒在旧灶台上[1]，已经硬了。

妻特意去看了它死去的样子。然后，一改以往的冷淡，突然忙乱起来。她拜托了熟悉的车夫，买来一块方形的墓碑。还对我说："你为它写点儿什么吧。"我在正面写上"猫之墓"；背面题了一首俳句："不知黄泉之下，可有闪电之夜。"[2]车夫问道："这么埋了就可以吗？""难道还要火葬不成？"女仆嘲弄道。

---

① 倒在旧灶台上：明治四十一年九月十四日致小宫丰隆、铃木三重吉、松根东洋城、野上丰一郎的明信片里分别写道："敝猫久病，疗养不愈。昨夜几时，于里屋库房灶台之上逝去。埋葬之事，托于车夫。装猫入箱中，于后庭埋葬。但主人正执笔《三四郎》，未能送殡。以上九月十四日。"致野上的明信片上，"箱中"写为"橘箱中"。

② 不知黄泉之下，可有闪电之夜：此俳句作于明治四十一年。

孩子们也突然怜惜起猫来。他们在墓牌的左右摆上两个玻璃瓶，里面插了许多荻花。在茶碗里倒满水，供在墓前。花和水每天都换。第三天傍晚，四岁的女儿——我那时正透过书房的窗户望着她——一个人来到墓前，看了一会儿白色木制的墓碑，然后用手里拿着的玩具勺子从供奉猫的茶碗里舀水喝。这样的事，不止一次。荻花沥下的水滴，在静静的夕阳里，不知多少次滋润了爱子[①]的小喉咙。

每逢猫的忌日，妻一定会把一片鲑鱼和一碗撒着鲣鱼干的饭供在墓前。至今也没有忘记过。只是最近，她不再拿到庭院里去，而是大抵放在起居室的柜橱上了。

---

① 爱子：漱石的四女儿。生于明治三十八年十二月十四日，当时满两岁零九个月。

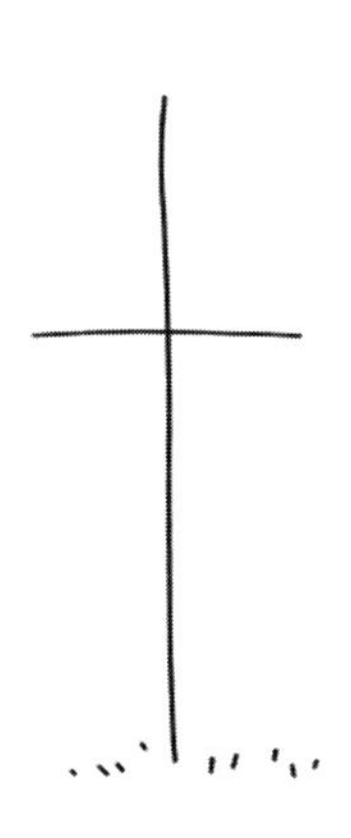

# 温暖的梦

风撞击着高楼，不能直接穿过，便如闪电一般骤然从头上斜吹下来，吹到石板路上。我一边走路，一边用右手按着圆顶礼帽。前面有个等着拉人的车夫。他好像从车上看到我这样，我刚把手从帽子上放下来，端正一下姿势，他便向我竖起了食指。那是在询问我是否坐车。我没有坐。于是，车夫便用右手握起拳头，使劲敲打着前胸。我走开四五米[①]，再一听还能听到那嗵嗵的声音。伦敦的车夫，就是这样温暖身体和手的。我回头看了看这位车夫。半褪色的坚硬帽子之下，露出被风霜侵蚀的厚厚的头发。他穿着粗糙的褐色外套，衣服好像是用毛毯缝补而成的。他把右胳膊抬得有肩膀那么高，嗵嗵地捶着前胸。简直就像一种机械运动。我又迈步走开了。

---

① 四五米：原文为“二三間”。间，长度单位。一般一间为六尺，即大约一点八一八米。主要用于测量土地和建筑物等。

路人行色匆匆，都超过了我。连女人也不落后。她们轻轻提着腰后面的裙子，高跟鞋猛烈敲击着石板路，嗒嗒作响，仿佛不怕敲弯了一般，匆匆而去。仔细看去，每一张面孔都带着逼不得已的表情。男人直视前方，女人目不旁视，一个劲儿地直线朝着目的地走。此时，他们的嘴紧紧地闭着，眉深深地锁着，鼻子严峻地耸着，脸越来越深邃，脚步直直地朝着目的地方向。那态度仿佛表示着，大街不堪行走，户外不忍停留，要不尽快藏身于屋檐下，便是一生的耻辱。

我慢腾腾地走着，总觉得这都市不适于居住。向上看，广阔的天空不知何时开始被分割开来。左右耸立的高楼仿佛两面峭壁，把天空切成细细的“衣带”，从东至西，绵延伸展。那衣带的颜色，早上开始是浅灰色，渐渐变成了茶褐色。高楼本来便是灰色，仿佛晒倦了温暖的阳光一般，毫不客气地堵在两边。这些高楼把广阔的土地变为狭窄阴冷的谷底，让高高的太阳无法照在地上，在二楼上叠加三楼，在三楼上又叠加四楼。小小的人类便在这底下，形成一片黑影，寒冷地来来往往。我则是这黑色人群中最为缓慢的一分子。风，夹在高楼形成的峡谷之间，无法出去，便吹过谷底，仿佛要托起人群一般。黑色的人群，宛若漏网的小鱼突然散落于四面八方。迟钝的我也终于被这风吹散，逃入了室内[①]。

一圈圈转过长长的回廊，登上两三级楼梯，来到一扇装有弹簧的大门前。身体的重量稍稍依靠在那上面，我便无声无息、自然而然地滑入了宽敞的观众席[②]。眼前下方一片耀眼明亮。回首一看，大门不知何时关上了，我所在之处如春天般温暖。我眨了一会儿眼睛，以适应这里的光线。然后，看了看周围。周围有很多人。然而，

---

① 室内：指的是剧场的室内。《片断》中记载着“London Theatre”。

② 观众席：漱石明治三十七年的讲话《英国当今的戏剧状况》中写道，“观众席在剧场最高的接近天棚的地方，从那里俯瞰舞台，尤其规模较大的演出中，正如同从山上望谷底一般，或者从喷火口向里面窥视一般，只是远远地仿佛看到下方有美丽的东西在移动”。

大家都很安稳平静。面部的肌肉也无一不缓和而松弛。如此多的人并肩而坐，却感到有多少人都不是负担，彼此都能够和谐相处。我向上看，头顶是巨大的弓形天花板，色彩绚烂耀眼。那其中鲜艳的金箔，灿烂辉煌，让人心雀跃不已。我向前看，前面只是栏杆，栏杆之外别无一物。远处是一个大洞。我靠近这栏杆，伸长脖子，窥望洞中。这时，遥遥之下，站满了如画中人一般的小人儿。数量虽多，看上去却十分鲜明。所谓人海，便是此意吧。白、黑、黄、青、紫、红——一切明亮的颜色，都宛如大洋中的波纹，簇然涌动在远远的底部，仿佛排列着五颜六色的鳞片，小巧而美丽。

这时，这些涌动的人群突然一下子消失了，从大大的天井到遥遥的谷底，同时暗了下来。之前仿佛有几千人排队站立，现在却被黑暗掩埋，毫无声息。在这巨大的黑暗之中，每个人都好像被湮没了，变得无影无踪一般，鸦雀无声。我刚这么一想，遥遥谷底正面的一部分被切成方形，仿佛从黑暗中浮出来一般，人影朦朦胧胧，不知何时渐渐明亮起来。一开始，还觉得那只是黑暗的程度不同而已，但渐渐地，它脱离了黑暗。我意识到那里的确照着柔和的光，此时我在雾一般的光线深处发现了不透明的颜色，那是黄、紫和蓝色。不久，黄色和紫色动了起来。我紧张地看着，连双眼的神经都感到疲劳，目不转睛地盯着这移动的东西。雾霭在眼底立刻晴朗起来。在远远的对面，面向着被明亮阳光温暖照耀的大海，身着黄色上衣的英俊男子与挥着紫色长袖的美人，在绿色的草地上，清晰地映入眼帘。女人坐在橄榄树下的大理石长椅上，男人便站在椅子的旁边，从上面俯视着女人。这时伴着温暖的南风，一段悠闲的音乐，纤细悠长，从遥远的海上飘了过来。

洞的上下一齐嘈杂起来。他们没有在黑暗中消失，却在黑暗中做了一个温暖的希腊之梦。

# 印象

走出门去，一条广阔的大路笔直地通到门前。我试着站在路中央看了一圈，眼前的楼房都是四层，又都是同样的颜色。旁边和对面也都是相似结构的小楼，难以区分。走过四五米，再后退看时，已经分不清刚才我到底是从哪个楼出来的了。真是一座不可思议的城市。

昨晚我在一片火车声的包围中睡下。十点过后，伴着马蹄声和铃声，如梦一般快速穿过一片黑暗。那时，几百盏美丽的灯影，星星点点，在眼眸上来来往往。此外什么也看不见。到现在，我才开始环顾四周。

站在这不可思议的街上，我上下左右看了两三遍，终于向左转弯，走了大约一条街，来到了一个十字路口。我牢牢记下路，然后向右转弯，这次来到了比前面更宽的大街。在那条大街上，驶过好几辆马车，每辆车的棚顶上都载着人。马车的颜色有红、有黄，还有青、褐和深蓝色，它们不断地从我身边驶过，驶向前方。远远望去，那些五彩马车不知延续到何方。回首一看，它们又像五彩的云一样涌动而来。我停下脚步想，这是把人从哪里载到哪里去呢？刚一这么想，后面就有个高大的人像扑过来一样，推挤着我的肩。刚要躲闪，右边也出现了一个高个子，左边也有。他们从后面挤着我的肩头，其身后也有人挤着他们。所有人都沉默着，自然而然地向前移动。

我到此时才觉察到自己被人海湮没了。这海不知道漫延到哪里。不过，海虽然广阔，却极为宁静。只是，无法脱身出去。右边堵着，左边也塞着。回首看后面也挤满了。就这样静静地向前移动。仿佛只有这一种命运支配着自己，几万个黑色的头约定好了一样，步伐一致地一步步向前行进。

我一边走，一边浮想起我刚才出来的那个小楼。周围全是同样的四层楼，楼又全是同样的颜色。那不可思议的街市，好像是在远方。我几乎没有把握在何处转弯，怎么走才能回去。即使能回去，也分辨不出自己的家。那个家昨夜在黑暗中阴沉地立着。

我不安地思考着，被高高的人墙推挤着，无可奈何地转了两三条大街。每次转弯，都觉得离昨夜黑暗的家渐渐远了。然后，在看得人眼睛疲惫的人潮中，我感到一种难以言喻的孤独。这时，来到一个缓坡。这里似乎是五六条大路会集的广场[①]。之前朝着同一方向涌动而来的人潮，现在从各个方向聚集在坡下，开始静静地打转。

坡下，有一对大大的石雕狮子，全身灰色，尾巴很细，但鬃毛打着旋的头部，却有四斗酒桶那么大。它们前足并拢，在涌起波浪的人群中睡着。它们下面铺着石板。这对狮子中间有根粗大的铜柱。我站在静静流动的人海之中，抬眼望着柱子顶上。极目远望，柱子高高地直立着，上面是一望无际的天空。高高的柱子矗立着，仿佛要

① 广场：伦敦最大的特拉法尔加广场（Trafalgar Square）。

从正中间穿透天空一样。不知道这柱子的上面是什么。我又被人潮拥挤着，从广场右边的路走下去，不知将去何方。不久，回首一望，在那竹竿般细细的柱子上，有个小小的人[①]孤零零地立着。

---

① 小小的人：特拉法尔加广场的正中央建有纳尔逊纪念柱（Nelson Column），其上是英国海军军人纳尔逊（Nelson）的铜像。

阿作刚一起床，便吵着：“美发师还没来吗？美发师还没来吗？”昨晚的确拜托美发师来着。美发师还回复说：“您不是别人，我会抽时间，一定九点之前来。”昨晚听了这话，阿作才终于安心睡下的。看了看挂钟，还有五分钟便到九点了。怎么回事儿呢？阿作看上去非常焦急。女仆看不下去了，于是说：“我去看一下吧。”便出门去了。阿作俯身注视着取出来摆在拉窗前的梳妆台，站着照镜子。然后，特意张开嘴唇，露出一排整齐而洁白的牙齿。这时，时钟在柱子上，“当当”地敲了九下。阿作立即起身，拉开隔扇说：“怎么回事儿呀？当家的，已经九点多了。快起来吧，时间不早了呢。”阿作的丈夫听到九点的钟声，刚刚要起床。一看到阿作的脸，便一边应和，一边爽快地站了起来。

阿作立刻返回厨房，把牙签、牙具、香皂和

手巾一并拿来说："好，快点儿去吧。"便递给丈夫。丈夫套着平纹丝绸的棉袍，里面穿着单和服。他说："我回来的路上剃一下胡子哦。"说着便下来到换鞋的地方。"那你再稍等一下。"阿作又跑进里屋。其间，丈夫开始用牙签剔牙。阿作从小杂物柜的抽屉里取出一个小小的礼签袋，放入银币，拿了出来。丈夫不好说什么，便沉默着接过袋子，跨出了格子门。他的肩上搭着手巾，多余的部分从后面垂了下来，阿作望了一阵丈夫的背影，不久便又回里屋，坐在梳妆台前，又照照自己的样子，看了一会儿。然后打开一半衣柜的抽屉，歪着头想了想。不一会儿就从中取出两三件衣服，放在榻榻米上琢磨着。然而，好不容易取出来的衣服，只留了一件，其余的都小心地叠好放了起来。然后，又打开了第二个抽屉，再次琢磨着。阿作这样反复琢磨着，取出来又放回衣服，大约浪费了三十分钟。其间，她始终担心地望着挂钟。终于凑齐衣服，她用大大的姜黄棉布包袱皮儿裹好，推到房间的角落，这时，美发师仿佛惊讶一般地大喊着，从后门走了进来，还喘着气说："来晚了真是抱歉。"阿作说："让您在百忙之中过来，真是过意不去。"便拿出长烟袋，让美发师抽烟。

因为梳头的助手没来，所以花了很多时间梳扎头发。丈夫洗完澡，剃了胡子，不久便回来了。其间，阿作对美发师说："今天我邀请了阿美，让我丈夫带我们去'有乐座'呢。"美发师说："哎呀哎呀，我也想陪您同去呢。"她说了很多半开玩笑的恭维话，最后说："您慢慢玩"，便回去了。

丈夫稍微打开姜黄棉布的包袱看看，便说："你要穿这个去吗？前一阵你穿的那件比这件更合适呢。"

"但是，那件已经在年底去阿美家的时候穿过了呢！"阿作答道。

"是吗，那这件也好。我穿那件夹棉的外套好吗？好像有些冷呢。"丈夫又说。

"别穿那件，多丢人，别总穿一件衣服。"阿作没有给丈夫拿出那件飞白花纹的夹棉外套。

不久，阿作化好了妆，穿着流行的鹌鹑绉绸的和服外套，戴着毛皮的围巾，和丈夫一起出门了。她一边走，一边依偎着丈夫说着话。来到十字路口，交警室前站着很多人。阿作拉着丈夫的外套边儿，踮起脚尖，向人群中窥望。

正中间有个穿着和服短衣褂的男人，他的前襟、后背上都印着商铺号。他懒散歪斜地站着，好像之前在泥里摔倒过好多次，本来就已变色的棉外套湿漉漉的，闪着寒冷的光。警察说："你是干什么的？"他便口齿不清地耍着威风说："俺、俺是人！"每次他这么说，大家都哄然大笑。阿作也看着丈夫的脸笑了。这时，醉酒的人不答应了，目光可怕地环视着周围说："有、有什么可笑的？我是人，这有什么可笑的？看我这样，我也是……"他说着便耷拉下头，却又突然想起什么似的大叫着，"人哪！"

此时，有个穿着工作棉服的高个子黑脸男人，拉着大板车，不知从何处过来了。分开人群，他对警察小声地说了些什么，不久，便对醉酒的人说："好了，小子，我带你走，坐上来吧。"醉酒的人仿佛很高兴，说着谢谢，便"扑通"一下上了大板车，仰面躺下了。他看着明亮的天空，眨了两三次惺忪的醉眼说着："浑蛋，别看这样，那我也是人呐[1]。""嗯，是人，是人，所以老老实实的哦！"高个子的男人用稻草绳把醉酒的人紧紧绑在大板车上。然后，拉着他像拉着宰好的猪一样，咯噔咯噔地从大街上拉车走了。阿作仍然拉着丈夫的衣服边儿，透过新年的稻草装饰[2]，目送着远去的大板车的影子。她现在赶着去阿美家，想着又多了一个聊天的话题，便欣喜不已。

---

① 我也是人呐：《断片》里记载着"I am a man!"。

② 新年的稻草装饰：新年挂在门上或神前，用稻草绳编成的装饰品。

# 山雉 上

五六个人聚在我家，正围着火盆说话，这时，突然来了一个青年，我没听过他的名字，也没见过，完全不认识他。他没有带介绍信，只通过门口的接待要求见我，我便请他进屋来。在很多青年聚集的地方，他提着一只山雉[1]走了进来。初次见面寒暄了一阵后，他便拿出山雉，放在座席中央，说这是从家乡寄来的，当作这次的礼物。

那天很冷。大家便立即煮了山雉的热羹，一起吃。做山雉的时候，那青年不顾自己穿着的和服裙裤去厨房帮忙，自己把山雉拔了毛，切了肉，当啷当啷地敲碎了骨头。青年有一张小巧的面孔，在苍白的额头下，一副度数很高的眼镜闪着光。但看上去他最明显的特征，不是他的近

---

① 山雉：《片断》中记载着“山雉”。明治四十二年一月七日致市川文丸的书信中写道：“承蒙惠送之山雉已到。感谢厚意。忆起先年夕时，今又恰逢来人，各享一碗香羹。”

视，不是他浅黑色的胡须，而是他穿着的裙裤。那是产于小仓地区的纺织品[①]，却有着普通学生身上几乎见不到的粗大条纹花样，华美而鲜艳。他双手放在这裙裤上说，“我是南部人”[②]。

青年过了一周又来了。这次带来了他自己写的稿子。写得不是很好，于是我不客气地如实说了。他说，“那我重写吧”，便回去了。他回去一周后，又揣着稿子来了。这样，他每次来都留下一些稿子。其中甚至还有连续三本的大作。然而那是写得最不成功的。我也曾向杂志推荐过一两次他写得最好的作品。但那只是凭着编辑的情面才刊登到杂志上的，好像没有给他一分钱的稿费。我听说他生活困难也正是此时。他说打算今后靠卖文为生。

---

① 产于小仓地区的纺织品：小仓地区，原福冈县东北的旧市名，一九六三年，与其他四个市合并为北九州市。产于小仓地区的纺织品，原文为“小倉織”，竖线织得密，横线织得粗的纺织品。多用于和服的衣带、和服裙裤以及学生服。

② 南部人：南部，泛指南部氏的旧领地陆中陆奥一带，又有时特指盛冈。这里指市川文丸的故乡青森县八户。

有时，他还拿来些奇特的东西。比如，一些干制的菊花。他把菊花像海苔般一枚枚叠起来，弄得十分坚硬。当时来我家的客人便说，这叫作“素食榻榻米沙丁鱼”，立刻拿过来把它焯熟了吃，一边吃一边喝酒。后来，他还赠送我一枝铃兰的假花，说是妹妹做的。他把花中间的铁丝夹在指缝里滴溜溜地旋转。这时我才知道他和妹妹一起住。听说兄妹二人在薪柴店的二层租了一间屋子，妹妹每天去学习刺绣。那下次来的时候，他又带来了个用报纸包着的领结，那灰蓝色领结的打结处还绣着白蝴蝶。他说：“如果您戴的话，就送给您。”后来安野说：“那个领结送给我吧。”就让他给拿走了。

其他时候他也常常来。每次来都说着自己家乡的景色、习惯、传说以及陈旧的祭祀活动等各种事情。还说他的父亲是个汉学家，擅长篆刻。祖母在某诸侯的官邸做过侍女，是猴年出生的。大人很喜欢她，有时还送她有关猴子的礼物，其中有华山画的长臂猿挂轴。他说，“下次我带来给您看吧”。这青年从那之后便没有再来。

# 山雉 下

春去夏来，我渐渐忘记了这青年的事。有一天，在阴凉避光的房间里我只穿着一件单衣，却热得难以忍受，甚至无法安静地看书。那青年突然来了。

他依旧穿着那件鲜艳的裙裤，用手帕仔细擦着苍白的额头上渗出的汗水，好像瘦了一些。他说："非常难以开口，请您借给我二十元钱吧。"他说明道："不瞒您说，我朋友患了急症，赶紧送他住院了，但眼下发愁的是钱，我也四处奔走过，都没有借到。没有办法只好来您这里了。"

我放下书，凝视着青年的脸。他依旧双手端正地放在膝盖上，低声说："拜托您了。"我反问他："你朋友家里那么穷吗？""不，也不是，只是他家远，来不及救急，所以才求您的，再过两周，家里的钱应该就会寄到了，到那时立刻还给您。"他回答道。我答应了帮他筹措钱。他便从包袱里拿出一幅挂轴说："这是前些日子和您说的华山的挂轴。"说着还打开用纸装裱的对开画[1]给我看。我也不清楚画的好坏。查了印谱，无论是渡边华山[2]，还是横山华山[3]的落款都没有看到。青年说："我把这个放在您这里。"我推辞说："没有必要。"他不肯听便放下挂轴走了。翌日他又来取钱。那之后便杳无音信了。过了约定好的两周，还是不见踪影。我想自己可能被骗了。猴子的挂轴挂在墙上，一直挂到了秋天。

在穿上夹衣、精神紧张的时节，长冢又如往常一样来借钱。我也厌烦总这么借给他。无意中想起那个青年，便说有这么一笔钱，你若想去取的

---

① 对开画：将一整张唐纸、白纸或画仙纸等竖着切为两半的书画。

② 渡边华山：宽政五年（一七九三年）至天保十二年（一八四一年）。江户后期的洋学者、画家。引进西洋画的画法，创造了独特的样式。尤其在肖像画方面很有特色。在天保十年蛮社之狱中被逮捕，后自杀。

③ 横山华山：天明四年（一七八四年）至天保八年（一八三七年）。京都画家。名为一章，字舜朗。从文化末期到文政时代创作活跃，擅长人物画，鸟兽、花草、山水画也很出色。

话便去取，取到了就借给你。长家挠着头，稍微犹豫了一下，不久便仿佛下决心似的回答说：“那我去。”于是，我写信说，“前些日子的钱请给这个人”，还附上猴子的挂轴，让长家拿去了。

长家翌日又坐车来了。一进门便从怀里拿出信来，接过一看是我昨天自己写的，还没有开封。便问他：“你没去吗？”长家皱着眉头说：“我去了，实在不行，真是一副惨状。那地方很脏。妻子做着刺绣，他本人病倒了——无法开口说钱的事，我便安慰他说千万不要担心，我只是来还挂轴的。”我有些惊讶地说：“啊！是吗？”

翌日，青年寄来明信片说：“非常抱歉自己说谎了，挂轴确已收到。”我把明信片和其他的书信叠到一起，放到杂物盒里了。之后，又忘了这青年的事。

就这样冬天来了。如往常一样迎来了忙碌的新年。在我趁着没有客人、抽空工作的时候，女仆拿着用油纸裹着的邮包进来了。“咚”的一声放下，那是个圆东西。寄信人是我忘记了的曾经来访的那位青年。打开油纸，再剥去报纸，里面是一只山雉。还附着一封信，写着："一别之后，诸多事由，现已回乡。向您拜借之款项，三月前后进京之时，一定奉还。"那信沾上了山雉的血，凝结变硬，好不容易才剥下来。

那天又是周四[①]，是年轻人来聚会的晚上。我又和五六个人围着大大的餐桌，吃了山雉的热羹。然后，祝愿着穿着鲜艳小仓裙裤的、面色苍白的青年能够获得成功。五六个人回去之后，我给这位青年写了致谢信。其中，还添了一句："前些年借款一事，请不必介意。"

---

① 周四：从明治三十九年十月十一日开始，漱石在铃木三重吉的提议下，将每周四下午三点之后定为会客日。即称为"周四会"。

# 蒙娜丽莎

一到周日，井深便戴着围巾揣着手，走到附近的旧货店四处看。他会挑选那些最破旧的、仿佛只有先代废品的店铺，到处摆弄，思来想去。他本来也不是精通古董的人，并不懂得好坏，但他暗自想，时常买些便宜有趣的东西回来，一年里总会碰上一次物美价廉的珍品吧。

井深在大约一个月前，花了十五钱只买了一个铁瓶的盖子，当作镇纸。前些天周日，花了二十五钱买了铁制刀护手，也当作镇纸。今天他的目标是买个稍微大些、引人注目的东西。他想要一个挂幅或者匾额之类的，用于装饰书斋。看了一圈，他发现那里横挂着一幅彩印的西洋女人画，落满了灰尘。在一套磨损的辘轳上，放着一个来历不明的花瓶，其中插着一支黄色的尺八箫，尺八箫的吹口遮挡着这幅画。

这幅西洋画和这旧货店本不相衬，只是那画

的颜色尤其“超越了现代”[1]，黯然地掩埋在往昔的空气之中，极为符合这旧货店的状态。井深料想这一定是便宜货。一问价格，说是要一块钱，他又考虑了一阵。看着玻璃没破损，画框也结实，于是和卖货的老爷爷谈判，让他便宜些，最后八十钱买了。

井深抱着这半身画像回到家的时候，已是寒冷的傍晚。他走进昏暗的屋子，立刻打开包装，把画挂在墙上，便一动不动地坐在前面看。这时，妻拿着油灯进来了。井深让妻提灯照着，又仔仔细细地望了一遍这八十钱的画。画的整体是深沉的黑色，只有人的面庞看上去是黄色的。这也是时代的缘故吧。井深坐着回头看看妻，问怎么样。妻稍稍抬起拿着油灯的那只手，一言不发地望了好一阵画上女人发黄的脸，然后说：“真是可怕的脸呐。”井深只是笑笑，说了一句：“这个

---

① 超越了现代：“我们必须超越现代”是高山樗牛的一句名言，见于他的随想文《无题录》。

八十钱呢。”

吃过饭，他踩着梯凳，在窗楣钉上钉子，把买来的画挂在头顶上方。那时妻说：“这个女人是一副不知要干什么的面相，看着便会感到奇怪，最好不要挂了。”她这样说着不停地阻止他。但井深说：“什么呀，那是你的精神作用。”并没有听她的劝阻。

妻回起居室了。井深坐在桌前开始查资料。过了十分钟，他不经意地抬头，便想看看那幅画。停下笔，抬起眼，那黄脸女人在画中似笑非笑。井深目不转睛地凝望着她的嘴角。全是因为画家添加光线的方法之故，薄薄的嘴唇向两边稍稍翘起，那翘起之处稍稍凹下去。紧闭的嘴，可以理解为下一刻正要开口；也可以理解为刚才张开的嘴特意闭起来，只是不明白其中的缘故。井深的心情变得很奇怪，又面对桌子工作起来。

说是调查资料，一半都是抄写，并不需要特

别注意。于是过了一会儿，他又抬起头看着画。还是觉得她的嘴角意味深长。然而，她却非常镇静。细长的单眼皮里，一双宁静的眼眸俯视着屋子。井深又面对桌子工作起来了。

那一晚，井深看了好多遍这幅画。然后，不知为何，开始觉得妻的评价很有道理。但是，到了第二天，却是一副并非如此的表情去官厅上班了。四点左右回家一看，昨晚的画正面朝上地放在桌子上。听说，午后不久，它突然从窗楣上掉落了。怪不得玻璃被摔得粉碎。井深转过画，看画框的背面。昨夜穿绳子的环不知为何脱落了。井深顺便打开画框，又看看画的背面。这时，从画的背面掉出来一张折成四折的洋纸。打开一看，用墨水写着一段奇怪的话。

蒙娜丽莎的唇上藏着女性之谜。从古至今，能画出这谜的，只有达·芬奇。能解开这谜的，却无一人。

翌日，井深去官厅问大家：“蒙娜丽莎是什么？”然而谁也不知道。他又问，“那达·芬奇是什么？”还是谁也不知道。井深听从了妻的劝告，把这不吉利的画以五钱的价格卖给了废品店。

# 火灾

我喘不过气来了，停下脚步仰头看，火星儿已经飞过头顶。在降霜的澄明深邃的天空中，无数的火星儿飞来又骤然消失。刚一消失，便立刻从后面不断出现鲜明的火星儿，吹成一片，仿佛被追逐着，纷纷飘落。随后，意外地消失不见。我朝着那飞出的方向看，喷火口只有一个，仿佛聚成巨大的喷泉似的，不留缝隙地染红了寒冷的天空。往前走四五米有个大寺院。在长长的石阶中间，一棵粗大的冷杉静静地向夜空伸展着枝干，在堤坝上高高地耸立着。火是从那后面起来的，仿佛故意留下黑黑的树干和静止的树枝，其余的部分都是通红的。起火处一定在这高高的堤坝上。又走了大约一百米，上了左边的斜坡，便来到火灾现场。

我又快步走了起来。后面来的人都超过了我。其中还有人大声喊着从身边走过。走在黑暗的道路上自然精神兴奋起来。走到斜坡的下面，终于要登上去的时候，才发现斜坡陡峭得让人吃惊。那陡峭的斜坡上，人头攒动，从上到下拥挤着。火焰从斜坡的正上方毫不留情地飞扬着。我转入这人潮的旋涡之中，要是被推到斜坡上方，恐怕走的途中便会被烧焦了。

又走了五十多米，同样有个向左边拐的大斜坡。我想了想，若要上去的话，这边更容易，而且安全。于是麻烦地避开迎面而来的人，终于来到了拐角处。这时，马车载着消防用的汽泵从对面过来了，响着刺耳的铃声。那气势仿佛在说不躲开的人全部都要被压死似的。它在人群中全速行驶，随着响亮的马蹄声，马被牵着鼻子转向斜坡。马用吐着泡沫的嘴蹭着脖颈，向前立起尖尖的耳朵，又突然并拢前足，直接飞奔起来。那时，这匹马掠过一个穿着和服外套的男人的提灯，栗毛的身体如天鹅绒一般闪着光。涂成红色的粗大车轮，差点儿碰到我的脚。我刚这样想着，那汽泵车笔直地冲上了斜坡。

来到斜坡中间，发现刚才还在正前方的火焰，这回在斜后方了。又得从斜坡上向左往回走。找了找胡同，发现有一条细细的小巷。我被人潮拥进去，里面漆黑一片，只是拥满了人，没有一寸缝隙。大家一起拼命地大喊，火显然在对面燃烧着。

十分钟后，我终于穿过胡同来到路上。那路也是组屋[①]一般的狭窄，已经挤满了人。一出胡同，发现刚才奔驰而上的汽泵车在眼前一动不动。运汽泵的马车好不容易才跑到这里，但往前四五米有个拐角挡着过不去，无可奈何，只好旁观着，火焰就在眼前烧了起来。

被挤到旁边的人都喊着："在哪儿？在哪儿？"被问的人说着："在那边，在那边。"然而，双方都无法去火焰烧起的地方。火焰气势熊熊，仿佛要烧到静静的天空上一般，猛烈地上升着……

---

① 组屋：江户时代，下级官吏们分组居住的房子。房子建筑类似长屋，这里比喻道路狭窄。

翌日午后散步时，我产生了好奇心，想顺便亲眼看看那起火处，便登上那个斜坡，穿过昨夜的胡同，来到汽泵车停留的组屋，走了四五米，转过拐角，我转悠着看。只见那里林立着仿佛冬眠的房子，一家挨着一家，静悄悄的。哪里也看不到烧过的痕迹。我以为着火的地方，只有美丽的杉树篱笆绵延相连，其中有一家隐约传出了一丝古筝声。

雾

昨天半夜，我在枕上听到了一阵噼啪的响声。这是从附近一个叫作克拉彭[①]的大车站传来的。这个换乘站，每天有上千列火车经过。仔细区分的话，平均一分钟就有一列火车出入。每当雾色深浓，各列车快进站时，便会鸣起爆竹般的声音作为信号。因为那时太黑了，信号的灯光无论是绿色还是红色，都完全没有用处。

我从床上爬下来，卷起北面的百叶窗，俯视着外面，外面一片茫茫之景。楼下从草地到三面砖墙围起来的两米多高的地方，全都看不见了，只是漂荡着一片空虚，而且静寂地冻结着。隔壁的庭院也是如此。那个庭院里有片美丽的草坪，到了温暖的初春时节，长着白胡须的老爷爷便出

---

① 克拉彭（Clapham Junction）：Junction 指的是换乘站。漱石寄宿的第五个公寓 The Chase, Clapham Common, London, S. W.（明治三十四年七月二十日移居）在此附近。

来晒太阳。那时这位老爷爷总是右手托着一只鹦鹉，他的眼睛靠近着鸟儿，仿佛快要被鹦鹉的嘴啄到一样。鹦鹉拍打着翅膀，叫个不停。老爷爷不出来的时候，有个女孩拖着长长的裙摆，在草坪上不停地开着除草机。这个充满记忆的庭院，如今也全被雾掩埋了，与我寄宿的荒芜庭院毫无界限地连接成一片。

隔着后街，对面有一座高高的哥特式教堂之塔。那灰色的塔顶直刺向天空，总是响着钟声。到了周日，钟声更是响彻云霄。今天，别说是尖尖的塔顶，就连用碎石不规则地堆积起来的塔身也都不知去向了。感觉有塔的地方，看上去稍微有些黑，但是完全听不到钟声。在浓浓的黑影里，不仅分辨不出钟的模样，连钟声也被深锁其中了。

我出了门，只能看到三四米远。走过这三四米，眼前又只能看到三四米远。这世界似乎被缩小于三四米见方的范围之内。不料往前走，还会发现新的三四米见方的世界不断映入眼帘。但同时，刚才行走过的世界，却也随之消失不见了。

我在十字路口等着公交车，灰色的空气被穿透了，眼前突然出现了一个马头。尽管如此，公交车二层的人却还半掩于浓雾中。我冒着大雾，跳上公车，向下一看，那马头已经变得模模糊糊了。公交车只有在交会的时候，才让人觉得很漂亮。刚一这么想，一切有颜色的东西便在浑浊的空气中消失，笼罩在朦胧的无色之中了。经过威斯敏斯特大桥①的时候，有一两次，一些白色的东西掠过我眼前飘扬而去。凝眸一望那飞去的方向，只见浓雾深锁的大气中有海鸥隐约飞翔着，如梦一般。那时，头上的大本钟②庄严肃穆地敲响了十点钟。仰头一望，空中只有声音。

在维多利亚③办完事，我沿着河边来到巴特

---

① 威斯敏斯特桥（Westminster Bridge）：威斯敏斯特地区的石桥，国会议事堂在其旁边，是伦敦最美的桥之一。

② 大本钟（Big Ben）：国会议事堂塔上的大时钟。一八五六年制造，名字取自施工负责人 Sir Benjamin Hall。

③ 维多利亚（Victoria）：走过威斯敏斯特桥，从威斯敏斯特寺院正面广场向西南走向的路，叫作维多利亚路，直通维多利亚站。

西（Battersea）的泰特美术馆[1]旁边，此前看上去灰色的世界，突然从四面八方黑了下来，仿佛溶化的泥灰一般浓重地流在身体周围。染成黑色的沉沉雾气扑面而来，直逼人的眼睛、嘴巴和鼻子。外套好像被雾压迫着，湿透了。走在雾里，好像呼吸着淡淡的葛粉汤一般，喘不过气来。脚下当然也仿佛踩着地窖的底部。

在这沉闷的茶褐色之中，我茫然伫立了许久。感觉仿佛自己周围有很多人经过，但只要不碰到肩膀，便不确信是否真的有人经过。那时，在这茫茫的大海之中，有豆子大小的一点，带着浑浊的黄色流动着。我向着那个目标只移动了四步。这时发现自己来到了一个商店的玻璃窗前。店里点着油灯，里面比较明亮。人们像往常一样行动着。我终于安下心来。

---

① 泰特美术馆(Tate Gallery)：位于泰晤士河北岸。在实业家Henry Tate捐赠的现代英国绘画收藏的基础上，作为国家美术馆的分馆，于一八九七年开设，藏有透纳、拉斐尔前派、法国印象派等珍贵的收藏品。

走过巴特西，我摸索着，信步走向对面的山冈。山冈上都是民宅，并列着几条同样的小巷，在青天白日之下，很容易混淆。我感觉自己向对面左边的第二个胡同拐了弯，然后又直走了两条街左右。这之后便完全不知道前面如何走了。在黑暗中，我独自一人站着，犹豫、彷徨着。右边有脚步声靠近了，他来到距我八九米远的地方停了下来，然后渐渐走远，最后鸦雀无声，完全听不见声音了。我又在黑暗中孤零零一个人站着思索。如何才能回到寄宿的地方呢?

# 挂幅

大刀老人决心在亡妻三周年忌日之前，一定要为她立一块石碑。然而，依靠儿子的微薄之力，一家人只能勉强度日，此外无力再积蓄一文钱。转眼便又到了春天。“她的忌日也是三月八日呢。”他带着求告的表情对儿子说。“哦，是吗？”儿子只回答这么一句。大刀老人终于决定卖掉祖传的珍贵挂幅以筹措资金。他和儿子商谈这样做如何的时候，儿子便信口赞成道：“好吧。”那态度甚至有些可恨。儿子在内务省的社寺局[1]里工作，每月工资四十日元。有妻子和两个孩子，还要奉养老人，很是辛苦。若是老人不在，那珍贵

---

① 内务省的社寺局：内务省，创建于明治六年十一月，作为太政官的一省，负责管理国内行政等的官厅，于昭和二十二年被废除；社寺局，指的是内务省里设置的一个部门，负责处理有关神社寺院等的行政事务。它在教部省被废除后的明治十年设立，明治三十三年四月被分为神社和宗教两个部门。

的挂幅，也早就用于周转钱款了。

这挂幅是一尺见方的绢本，由于时代久远，颜色变为绛黑色。若挂在昏暗的房间里，便黯淡得看不清所画为何物。老人说这是王若水[①]画的葵花。并且，每月从橱柜里拿出一两次，拂去桐木箱上的灰尘，郑重地取出里面的东西，即刻挂在三尺的墙壁上，凝望着。凝望之下，的确可以发现在绛黑色中，有着瘀血似的很大的花样。还微微残留着仿佛是铜绿脱落的痕迹。老人对着这模糊的唐画古迹，便忘却了自己活到这把年纪所经历的人世沧桑了。有时，他一面凝望着这挂幅，一面抽烟，或者喝茶，或者只是凝神地看着。“爷爷，这，是什么？”孩子走过来，说着就要用手

---

① 王若水：元代画家王渊。若水是其字，号澹轩。师从元代书画界复古主义的提倡者赵孟頫（赵子昂）。其花鸟画学于五代的黄筌、山水画学于北宋郭熙、人物画学于唐人，尤以花鸟竹石之作闻名，其技艺被誉为一代绝技。日本室町时代以来，其画很有名声，但却“无真迹可确认”（平凡社《世界大百科事典》）。

指去碰，老人这才缓过神来[1]，一面说“不能碰呢”，一面静静地站起，便开始卷挂幅。于是孩子问道：“爷爷，子弹糖呢？”[2]“嗯，我去买子弹糖来，不许淘气哦！”他一边说，一边慢慢地卷起挂幅，放入桐木箱，装在橱柜里，然后，便去附近散步了。回来的时候，顺路去街上的糖果店里买了两袋薄荷味的子弹糖，说着，“喂，子弹糖”，便递给孩子们。儿子晚婚，所以两个孩子只有六岁和四岁。

---

① 这才缓过神来：原文为“月日に気が付いた”。以往的中文译本译为“这才记起了年月似的”（鲁迅译）、“这才仿佛发觉到了月日”（尤炳圻译）、“像刚想起时日似的”（李明非译）等，这是因为原文按照字面意思均为察觉到时间年月之意。但金泽庄三编纂《辞林》（三省堂　一九一一年四月）里注解为：“月日。〇一、太陽と太陰と、日と月と。〇二、時間の経過。光陰。”取后者之意，原文或可解释为“才觉察到了时间的流逝”。又参照伊藤整、吉田精一编《漱石全集》的注释“現実の世界に意識がもどった”、古川久编《漱石全集》的注释“意識が現実世界にもどったことを言う。我にかえった。”，根据上下文，此处译为“这才缓过神来”似更为妥当。

② 子弹糖：由红糖制成的黑色圆形糖球。廉价点心的一种，因为形似过去的子弹而得名。

和儿子商谈的翌日，老人便用包袱皮儿裹着一个桐木箱，一清早便出去了。然后，到了四点左右，又拿着桐木箱回来了。孩子迎到门口，问道："爷爷，子弹糖呢？"老人什么也不说，来到房间，从箱子里取出挂幅，挂在墙上，恍惚地望了起来。据说他转了四五家旧货店，有的说没有落款，有的说画剥落了，竟没有人像老人预期的那样对挂幅表示尊敬。

儿子说，旧货店就别去了。老人也说，旧货店不行。大约两周后，老人又抱着桐木箱出去了。这是得了介绍，去儿子的课长朋友那里请人家看看。那次他也没有买子弹糖回来。儿子一回来，老人便说："怎么能卖给那样没有眼光的人？那里的东西都是赝品。"仿佛在指责儿子不道义。儿子苦笑着。

二月上旬，偶然找到了一个好的介绍人，老人把挂幅卖给了一位收藏家。老人随即到谷中[①]

---

① 谷中：东京市下谷区（现为台东区），在上野公园背面，以有广大的墓地而闻名。

去，为亡妻订做了优质的墓碑。然后，将其余的钱存入了邮局。此后过了五六天，他还如往常一样出去散步，但比平常晚了两个多小时才回来。其时，他双手抱着两大袋的子弹糖。说是因为惦记着卖掉的挂幅，又去看了一次，见到挂幅安静地挂在四张半榻榻米大的茶室里，前面插着一枝晶莹剔透的腊梅。老人说在那里还受到了品茗茶的招待。“可能比我拿着还安心呐。”老人对儿子说。儿子答道：“也许吧。”孩子们一连三日尽吃着子弹糖。

# 纪元节

那是一个朝南的房间。三十来个小孩背对着明亮的窗户，一齐伸着黑脑袋，望着黑板。这时，老师从走廊进来了。老师是一位个子矮矮的、眼睛大大的瘦小男人，从下巴到脸颊都邋遢地长着胡子。而且，那个粗粗拉拉的下巴碰触着和服领子，让领子看上去有些黑黑的，沾着污垢。因为这件和服、这邋遢的长胡子，还因为他从来没有训斥过人，大家都耻笑这位老师。

不久，老师拿起粉笔，在黑板上大大地写上“记元节”。孩子们都趴在桌子上，低着黑黑的头，写起了作文。老师伸展着矮矮的身躯，环视一圈，不久便沿着走廊出了房间。

这时，坐在倒数第三排桌子中间的孩子起身离开座位，来到老师的桌子旁边，拿起老师用过的粉笔，在黑板上写着的“记元节”的“记”字上画了一条横线，在那旁边粗粗地新写了一个“纪”

字。其他的孩子并没有笑，而是惊讶地看着。那孩子回到座位后不久，老师也回到教室，然后觉察到了黑板上的字。

“好像谁把‘记’改成‘纪’了，写成‘记’也可以呢。”他说着又环视了一下大家。大家都沉默着。

把“记”改成“纪”的人是我。即使在明治四十二年的今天，想起此事我也不禁觉得自己卑劣。然后，也曾想过，如果那不是邋遢胡子的福田老师，而是大家都害怕的校长先生就好了。

# 财路

那边是出栗子的地方。粗略算来，差不多市价是四升左右卖一日元[1]，把它拿到这边来，就变成一升栗子一日元五十钱。恰好我在那边的时候，从海滨来了个一千八百袋的订单。顺利的话，一升可以卖到两日元多，所以赶紧做这买卖。准备好一千八百袋栗子，我亲自送货物到海滨。没想到对方是中国人，要把栗子运往本国。这时，一个中国人出来说，“货物很好”，我便以为这就完事了，结果他在仓库前拿出一个约一米高的大木桶，咕咚咚地往里面灌水。——不，我也一点儿都不明白那么做是为什么。毕竟是个大木桶，灌水很不容易，差不多用了半天时间。然后我还想，这是要做什么呢？边想边看着，结果他拆开草袋，把刚才的那些栗子

① 原文为“两”：是江户时代的货币单位。明治四年，政府颁布新货币法，将以往的一两定为新货币一日元。由于使用习惯，明治时代也长期使用一两指代一日元。

咚咚地扔进木桶里去。我也着实吃了一惊，到后来才终于意识到：中国人哪，真是不好对付。把栗子扔进水里，好栗子一般都沉下去，被虫子蛀过的栗子都浮了上来。中国人便用那笊篱把浮起的舀上来，说这些不合格，从草袋的分量里减去这些，真是要命。我在旁边看着，感到忐忑不安。毕竟有七成左右有虫子，很是为难，吃了大亏啊——是虫子蛀过的栗子呀！因为觉得讨厌，都扔掉了。那中国人呢，仍是一副不动声色的表情，装好草袋，大概都运到本国去了。

那之后，我还大量购进过红薯。一袋四日元，签了两千袋的合同。可是，订单来的时候是当月中旬十四号，说是二十五号截止。所以，无论怎么辛苦都凑不齐两千袋的数目呀。无论如何也不行，就姑且拒绝了。说实话，真是遗憾呢。这时，商馆掌柜的说，契约书里面写着是二十五号，但绝不会按照那个日期严格执行的。由于他再三劝说，我也不由得答应下来了。——不，红薯不是送到中国去的，是美国。在美国好像也还是有人吃红薯的，真是很奇怪的事儿呢。那我就立刻去收购了。我从埼玉到川越的地区到处收集。但是，嘴上说两千袋，一旦全部买下来的时候，真是相当大的一批货呀。好不容易，终于在二十八号如约带着那些袋子去的时候——真是些狡猾的家伙！那约定书里有一条写着，如果严重逾期违约，要赔偿八千日元的损失费呢。没想到他们要用那个条款，怎么都不肯付钱。确实我也收了四千日元的押金。一晃的工夫，对方把红薯都堆到船上去了，真是无可奈何。真是太恼火了，我付了一千日元的保证金，申请扣押住现货，终于扣下了红薯。没想到人上有人，天外有天。对方付了八千日元的保证金，毫不耽误地开船走了。终于，我们还是闹上了法庭，毕竟约定书上写着的事情，真是没办法。我在法官面前都哭了啊。我说："红薯白白给抢走了，又输了官司，没有这么傻的事，请您稍稍替我考虑考虑呀。"法官好像在心里也是相当同情我，但依照法律也无可奈何呀，我到底败诉了。

# 队列

我坐在书桌前，蓦然抬起头，看着入口处。书房的门不知何时半开着，透过这两尺来宽的缝隙，可以看见屋檐下宽敞走廊的一部分。走廊的外缘有一排中式风格的栏杆[1]，栏杆上面安着玻璃窗。明亮的阳光从蓝天上迎面洒下来，斜斜地掠过房檐，透过玻璃，把房檐下的走廊染成彩色，一下子照得书房门口十分温暖。我凝视着阳光照射的地方，眼底仿佛涌起热浪，顿感春意盎然。

就在那时，从这两尺宽的缝隙间出现了一个小家伙——她大概有栏杆那么高，仿佛腾云驾雾一般飘过。一根红色丝带，凸绣着白色蔓草花纹，被系成一个圆环，沿着她的额头整个罩在头发上。丝带的里侧插了一圈还带着绿叶的花儿，

---

① 中式风格的栏杆：这里指的是夏目漱石在早稻田南町家里的书房旁的栏杆。

似乎是一朵朵海棠。在黑发的映衬下，淡红色的花蕾宛如一颗颗饱满的水滴一般，清晰可见。她下巴的正下方塞着一块紫色的布，塞得鼓鼓的，形成一个褶皱，这块布连她的衣服边儿都给遮上了——至于她的袖子、手脚也都看不见了。只有一大片紫色，轻盈盈地飘动着。在洒满阳光的走廊里，那身影一溜烟儿似的飘了过去。那之后——

这次来的家伙有点儿矮。从头顶到肩膀上披盖着一块厚厚的红布，背上则斜披着竹叶花纹的深灰色布。竹叶非常大，以至于只能看到她腰上残留着的一片绿竹叶。那片叶子比她的脚还要大。她穿着红袜的小脚，时隐时现。走了大约三步，这矮矮的小家伙便悄然从门口走过去了。

第三个小家伙戴着头巾，头巾上面是白蓝相间的弁庆格子花纹。头巾下面露出一张圆嘟嘟的侧脸。那脸颊红扑扑的，仿佛熟透了的苹果。那圆嘟嘟的侧脸上，只能看到弯弯的褐色眉梢，还有一点稍稍凸起的圆鼻尖。她身上裹着一大块黄色条纹的布。长长的袖子露了出来，拖在地上有三寸多长。这家伙拄着一根比她自己还高的斑竹拐杖。拐杖尖上系着一簇厚厚的绒毛，在阳光下闪闪泛光。从她拖在地上的条纹袖口里泛出一缕银光——我刚发现这光芒，这个家伙也过去了。

这时，紧接着在后面出现了一张雪白的脸。她把白白的香粉从额头一直涂满平缓的面颊，甚至涂到下巴和耳朵根儿上——整张脸如同墙壁一般安静。只有她的眼眸是生动的。嘴唇上涂了几层口红，泛着青色的光。她的胸前看上去好像披着鸽灰色的布料，下摆则多彩炫目，让人眼花缭乱。只见她怀抱着一把精巧的小提琴，庄严地背着长长的琴弓。她走了两步就过去了——后背上露出一块黑色软缎方巾，那正中央的金丝刺绣映在阳光里，顿时变得熠熠生辉。

最后出来的家伙实在是太小了，小到像要从栏杆上跌落下去一般。然而，她却有一张大大的脸庞。在这队列中，她的头显得格外大。她顶着一个五色头冠出现了。头冠中央高耸着一个圆球。她身着井字图案的筒袖衣服；从后背到腰下方垂着淡紫色的天鹅绒流苏，形成一个三角形。她穿着红色的布袜，手持朝鲜团扇，团扇大约有她一半高。团扇上漆着红、黄、蓝三色的螺旋形图案。

队列静悄悄地经过我面前。那扇敞开的门，将空虚的阳光送到书房门口。当我感到檐廊下四尺宽的地方有些寂寞之时，对面的角落里便会忽然传来拨弄小提琴的声音。接着，我便听到小家伙们一齐哄然大笑。

我家的孩子们每天都会拿出她们母亲的和服外套及包袱皮儿，这样淘气地嬉戏着。

# 往昔

皮特洛赫里[1]山谷正值金秋。十月的太阳，将映入眼帘的田野与树林染成温暖的颜色，人便在其中坐卧生息。十月的阳光洒在半空中，笼罩着宁静山谷的空气；阳光并没有直接洒落在地上，但也没有逃到山的另一边。在无风的村庄上空，它总是那么沉着安静，一动不动地迷蒙着。其间，田野与树林渐渐有了变化，正如酸涩的东西不知不觉变得甘甜一般，整个山谷也含蓄着古韵。皮特洛赫里山谷此时仿佛回到了一百年前或二百年前的往昔，一下子变得寂寥起来。人们带着对此习以为常的表情，一齐看着流过山脊的云朵。那云时而变白，时而变灰。偶尔还可以透过薄薄的云层望见山的颜色。无论何时看，都会让

① 皮特洛赫里（Pitlochry）：在苏格兰中央部的佩思郡（Perthshire）。在泰河（Tay）上游。接近于吐曼河（Tummen）与加里河（Garry）的分流点，适于垂钓和游玩，作为美丽的风景避暑地而闻名。

人觉得那是古老的流云。

我的住所在一个小山上，正适合看这流云与山谷。太阳从南面照着房子的一整面墙。十月的阳光不知照了多少年，照得墙面到处都陈旧灰暗。墙的西边，有一枝蔷薇攀援而来，夹在冷冷的墙壁与暖暖的阳光之间，盛开着几朵花。大大的花瓣卷起淡黄色丰盈的波纹，从花萼开始舒展翻开的花瓣，寂静无声地随处绽放着。那香气被淡淡的阳光吸收，消失在三四米内的空气之中。我站在这三四米之内往上看。蔷薇高高地攀升着，灰色墙壁笔直地耸立着，一直延伸到蔷薇藤蔓无法到达的高处。屋顶尽头还有一个塔尖。阳光从那上方的雾霭深处洒落下来。

我脚下的小山陷于皮特洛赫里山谷中。放眼望去，遥远的山下，平坦而色彩斑斓。对面的山冈上，白桦的黄叶层层堆积，形成浓浓淡淡的斜坡。在散发着明亮而萧瑟气息的山谷中央，一道黑纹横向蜿蜒涌动。那是含着泥炭的溪水，仿佛溶解着黑色染料一般，泛着古旧的颜色。我来到这深山中，才发现原来还有这样的溪流。

主人从后面过来。他的胡须被十月的阳光晒得七分泛白。他的衣着也不寻常，腰间穿着苏格兰短裙[①]，那短裙像车上的盖膝毯一般，编织得条纹粗大，又像把灯笼裙裤裁到膝盖，再加上一些竖褶儿。腿肚上穿着粗毛线编织的长筒袜。每走一步，苏格兰短裙的褶儿便摇晃着，从膝盖到大腿之间的部分时隐时现。穿这古老的裙裤是不以露出肤色为耻的。

主人前面挂着一个蛙嘴形口袋，用毛皮制作，如小木鱼般大小。夜晚，他会把椅子挪到暖炉旁边，望着烧得通红、噼啪作响的煤炭，从这“木鱼”中拿出烟斗和烟。然后，轻悠地抽着烟度过长夜。这“木鱼”的名字叫作“斯坡兰”[②]。

---

① 苏格兰短裙：即 kilt，是苏格兰高地人穿着的到膝盖长的竖褶儿短裙。

② 斯坡兰（sporran）：是苏格兰高地人穿正装时，挂在腰带前面的大大的毛皮袋，上面装饰着银子和宝石。

我和主人一起走下悬崖，走进一条稍稍昏暗的山路。只见一种叫作欧洲红松（Scotch fir）的常青树，那叶子宛如海带丝一般，云朵仿佛攀援其上，拂之不去。那黑色的枝干上，一只松鼠摇着又粗又长的尾巴一窜而上。这时，沿着古老的厚厚的青苔，又有一只松鼠从我的眼前"嗖"地跑了过去。青苔鼓胀着，一动不动。松鼠的尾巴宛如拂尘一般，擦过青黑色的地面，消失在黑暗之中。

主人转向旁边，指着皮特洛赫里的明亮山谷。黑色的河流依然在那中间流动着。他说，沿着那条河向北走一里半，便是基利克兰基峡谷①。

高地人和低地人在基利克兰基峡谷争战的时候，尸体夹在岩石之间，堵塞住了拍打着岩石的

---

① 基利克兰基峡谷 (The Pass of Killiecrankie)：位于皮特洛赫里山谷向北四英里半的地方，是格兰皮斯山脉（The Grampians）中的山道。一六八九年，威廉姆三世的军队在这里，败给了邓迪子爵（Viscount Dundee）率领的詹姆斯二世追随者 (The Jacobites)。

水流。河流饮了高地人与低地人[1]的血，变了颜色，在皮特洛赫里山谷流了三天三夜。

我决心明天早上去探访基利克兰基古战场。从悬崖下来，脚下散落着两三片美丽的蔷薇花瓣。

---

① 高地人与低地人：Highlanders，Lowlanders。苏格兰三个地带，即高地、中间地带、低地。高地人与低地人在人种和宗派上都不同。高地人多为凯尔特人，信仰天主教；低地人多为盎格鲁－撒克逊人，信仰新教。基利克兰基峡谷之战，在丹第勋爵领导的高地人部队和援助低地人的威廉姆三世的部队之间展开。

# 声音

丰三郎来到这个公寓已经三天了。第一天，在昏暗的傍晚，他拼命地整理行李和书籍等，像影子一般忙碌着。然后，去了街上的浴池，一回来就睡觉了。翌日，从学校回来，坐在书桌前面，看了一会儿书，突然不知是否因为换了住处，怎么都提不起劲儿来。窗外不断传来拉锯的声音。

丰三郎坐着伸手打开拉窗，看到园丁就在眼前辛勤地锯着梧桐树的枝杈。那园丁毫不可惜地从树枝根部使劲儿锯掉已长得很大的枝杈，并把它们扔下去，于是出现了非常多的白色切口，十分醒目。同时，空旷的天空仿佛从远处凑到窗前一般，看上去辽远广阔。丰三郎在书桌上支起胳膊，托着腮，不经意地望着梧桐树上高远的秋日晴空。

丰三郎将目光从梧桐树转向天空时，突然觉得心境很开阔。那开阔的心不久便平静下来，故乡的亲切记忆，点点滴滴，显出了一角。那些点滴虽然在遥远的故乡，却仿佛渐渐成形能放在眼前的书桌上一般清晰可见。

山脚下有一栋大大的草房子，从村里向上走二百多米，走到路尽头便到了自己家的门口。进门有一匹马，马鞍旁系着一簇菊花，响着铃铛，马在砌着白墙的马圈后隐去了身影。太阳高高地照着屋脊。后山上，藏着蝙蝠的松树枝干全都闪着光。那是采蘑菇的时节。丰三郎嗅着桌上刚采的蘑菇的香气。然后，听到了母亲唤着“丰儿、丰儿”的声音。那声音非常遥远，却又仿佛触手可及，清晰地在耳边响起——母亲五年前就去世了。

丰三郎蓦然一惊，转移了视线。这时，刚才看到的梧桐树梢又映入眼帘。本要延伸的树枝一下子都被砍掉了，树枝根部便长满了疙瘩，局促地用力挤着，很是难看。丰三郎又突然感到有一个力量迫使自己坐回书桌前。他隔着梧桐树，俯瞰篱笆外面，肮脏的长屋里有三四间屋子。露着棉花的被子毫无顾忌地暴晒在秋日的阳光之下。

旁边站着一位五旬的老婆婆，看着梧桐树梢。

在她那褪色的条纹和服上缠着一条细腰带。她用一把大大的梳子盘着稀疏的头发。她茫然地站着，透过树枝看着梧桐树的顶端。丰三郎看了看老婆婆的脸。那脸庞苍白而浮肿。老婆婆微肿的眼皮深处有一双细细的眸子，仿佛有些炫目地向上望着丰三郎。丰三郎立即转过眼去，面对着书桌。

第三天，丰三郎去了花店，买回了一束菊花。本想买与故乡庭院里盛开的花儿同样的种类，找了找却没有找到。只好从已有的花中选了三朵，请店主用稻草捆起来，放入像酒壶一样的花瓶里。他从行李底下拿出帆足万里①写的小挂轴，挂在墙上。这是几年前回故乡的时候，为了装饰屋子特意带过来的。然后，丰三郎坐在垫子上，望了一会儿这挂轴和花。此时，窗前的长屋那边传来了喊着“丰儿、丰儿”的声音。那声音

---

① 帆足万里：安永七年（一七七八年）至嘉永五年（一八五二年）。字鹏卿，号愚亭。是丰后国（现为大分县）日出藩的儒学者。

无论是语气还是音色，都与故乡母亲温柔的呼唤毫无二致。丰三郎立刻“哗啦”一下打开了拉窗。只见昨天看到的脸颊苍白的老婆婆正向着一个十二三岁的鼻涕鬼招手，秋日的斜阳照着她的额头。随着“哗啦”这一声响，老婆婆同时抬起那浮肿的眼睛，从下面望着丰三郎。

# 金钱

连着读了五六本小说，我实在厌倦了。这些小说都是照搬社会杂闻的过激内容，在此基础上扩写而成的。就连吃饭，我也会感到生活的困顿仿佛随着饭菜整个涌入胃里。一旦肚子胀起来，便感到无可奈何，痛苦难耐。于是我戴上帽子，去空谷子那里。这个所谓的空谷子，是个神奇的人物，像哲学家又像算命先生一样。这种时候非常适合与他交谈。他认为，在无边无际的空间里，比地球还大的火灾随处发生，那火灾的警报传到我们眼里需要上百年哪！所以，他并不把神田的火灾放在眼里。不过，神田的火灾并没有烧到空谷子的家，这也确是事实。

空谷子倚在一个小小的方形火盆上，用铜制的火筷子在灰上不停地写着什么。我说："最近过得如何？还在沉思呀？"他带着一副似乎很不耐烦的表情答道："嗯，现在在思考金钱的事[1]。"难得来空谷子这里，要是还说金钱的话题真是受不了，我便沉默了。这时，空谷子仿佛有了重大发现一样，说道：

"金钱是怪物啊。"

这作为空谷子的警句极为陈腐，于是我只说了一句："是呀。"便没有再理睬。空谷子在火盆的灰里画了一个大大的圆圈说："你看，假设这里有钱，"他戳了一下圆圈的正中间，"这个可以变成任何东西。既能变成衣服，也能变成食物。既能变成电车，也能变成旅店。"

"真无聊啊。这谁都知道嘛。"

"不，并非谁都知道。这个圆圈哪……"他又画了一个大圆圈。

"这个圆圈，既能变成善人，也能变成恶人。既能去极乐世界，也能去地狱。过分灵活通畅。文明还未进步，真让人为难。人类再向前发展，

---

① 金钱的事：《片断》记载着："金钱之说、金钱之变形、变形之德与变形之弊。"

显然会限制金钱的融通呐！”

“怎么限制？”

“怎么做都可以的——比如把金钱分成五种颜色，可以分成红钱、青钱、白钱，等等。”

“然后怎么办呢？”

“你说怎么办。红钱只在红色区域使用。白钱只在白色区域使用。要是出了领域之外，便像瓦片一样完全失去效力，这样限制融通呀。”

如果这是与空谷子初次见面，且初次见面一开始便谈论这样的话题，那么我或许认为空谷子是个脑组织异常的论客。然而我知道空谷子是想象着比地球还大的火灾的人，便安心地听听他讲解个中缘由。空谷子的回答是这样的：

“金钱从某些方面来看，是劳力的符号吧。然而，那劳力决非同一种类，若是用同样的金钱来代表，彼此通用，那便会造成严重的错误。比如，假设我在这里挖出一万吨的煤炭。那劳力只不过是机械性劳力，将其转换为金钱的话，那金钱也只具有与同种类的机械性劳力交换的资格，不是吗？尽管如此，一旦将这机械性劳力变形为金钱，便立刻获得了自由自在无所不能的力量，可以通畅无阻地与道德性劳力交换。然后，随心所欲地去扰乱精神领域。这钱难道不是极其不合理的怪物吗？所以，要用颜色区分，必须让大家都知道这种情况呢。”

我对用颜色区分这一说法表示赞成。过了一会儿，我询问空谷子：

“以机械性劳力收购道德性劳力确实不对，但反之也不好吧？”

“是呀。看看当今这样全知全能的金钱，神也会向人类投降，真是无可奈何。因为现代的神很野蛮呐。”

我与空谷子谈完这不赚钱的话题便回去了。

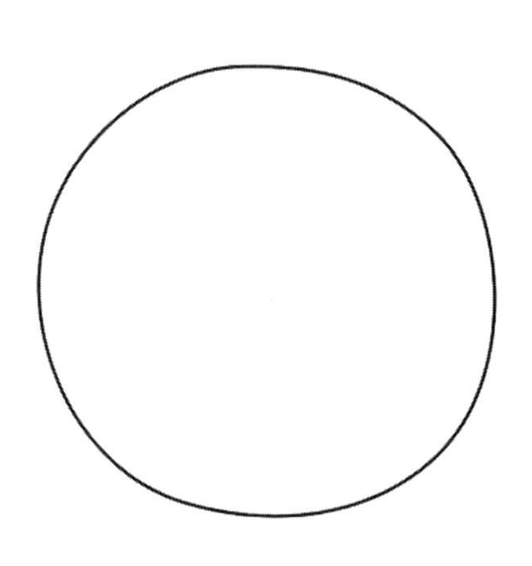

在二层的栏杆上挂好浴巾，我俯瞰着洒满阳光的春日街市。这时，戴着头巾、留着稀疏白胡须的木屐工匠从篱笆外经过。他在扁担上绑着一面陈旧的鼓，用竹片当当地敲着。那声音仿佛是从脑海中忽然浮现的记忆一般，尖锐刺耳，却又总不甚明了。那位老爷爷来到斜对面的医生家门旁边，“当”地敲打了一下那面不够响亮的春日之鼓。这时，在我头顶雪白的梅花之中飞出了一只小鸟。木屐工匠没有注意到它，沿着青青的竹篱笆转到对面去，连身影也看不见了。鸟儿一振翅膀，便飞到了栏杆下面。它在石榴的细枝上停留了一会儿，但看似不够安稳，便改变了两三次姿势。无意间，它抬头看到倚靠在栏杆上的我，便一下子飞了起来。我刚刚发觉枝头如烟一般摇动，下一刻便看到小鸟美丽的双脚已经踩在栏杆的棂条上了。

我还没见过这种鸟儿，所以也不知道它的名字。但它的颜色却深深地打动了我的心。它的翅膀像黄莺，却稍微古朴一些；胸口像是熏过的砖红色，毛茸茸的仿佛一吹便会飞起来一般。胸前有时还会起伏着柔软的波纹，宁静而温顺。我生怕吓到它，便也倚着栏杆站了好一会儿，忍着不敢动一根手指，然而，鸟儿却好像意外地平静。于是，我下决心轻轻后退了一下。同时，鸟儿也轻盈地飞起来，就飞到了我的眼前。我和鸟儿之间，仅仅有一尺左右的距离。我下意识地向这美丽的鸟儿伸出右手。鸟儿仿佛将其柔软的翅膀、华美的双足和泛着涟漪的前胸等自己的一切，以及它的命运都托付给我一般，从对面安静地飞到我的手中。我那时从上方望着它圆圆的头，想着，这鸟儿是……然而，想到这鸟儿是……之后，却怎么也记不起来了。只是在心底潜藏着那之后的想法，整个思绪都是淡淡的，模糊而暧昧。如果用奇异的力量将浸满心底的思绪集中到一处，清晰地仔细凝视，那么，其形状——也还应是此时、此地，与我手中的鸟儿一样的颜色和形状吧。我立刻将鸟儿放入笼中，凝望着它直到夕阳西下。然后，思索着这鸟儿看我的心情。

不久，我出去散步。欣欣然、漫无边际地走过好几条街，走到熙熙攘攘的人群中。这人群一会儿向右拐，一会儿又向左弯，陌生人的身后又不断出现陌生人。无论怎么走，都是那么热闹、欢乐而安适。所以，几乎无法想象自己在哪个点上与世界接触，那种接触又是否伴随着一种束缚。能遇到几千个陌生人，我觉得很欣喜。但也只是欣喜而已，那些令人欣喜的人们的眉目神情，却无法在头脑中留下一点儿印象。这时，不知从什么地方传来风铃[1]滑落、撞击檐瓦的声音，我一惊，便向对面看去，只见大约九十米远的小路口站着一个女人。我几乎记不清她穿着什么衣服、梳着怎样的发髻了。映入眼帘的只有那

① 风铃：原文为“寳鈴”，一般是对佛前供奉的风铃的美称。这里指宝铎，也称为风铎，在佛堂以及佛塔四周的屋檐下悬挂的作为装饰的大铃铛。

容颜。难以分别描述那容颜里的眼睛、嘴巴、鼻子，等等——不，那眼睛、嘴巴、鼻子、眉毛和额头整个组成了为我而生的唯一的容颜。那是无论眼睛、鼻子还是嘴巴都在百年之前便已在此等候我的容颜。那是百年之后，仍会引领着我去任何地方的容颜。那是会用沉默诉说的容颜。女人沉默地回首。我追随着一看，刚才原以为小路的地方其实是胡同，狭窄而昏暗。若是平常，我可能会犹豫着不走进去。然而，女人沉默着走了进去。沉默着，却又诉说着，“跟我来吧”。我缩着身体走进了胡同。

一道黑色的门帘轻轻飘荡，上面印染着白色的字。接着，只见屋檐下的灯笼低垂着，几乎掠过头顶。灯的正中央画着三叠松的纹样，下面是一个“本”字。又只见一个玻璃盒里装满了小块的米饼点心。接着，我看到屋檐下悬挂着正方形的木框，里面摆着五六块印花布片。然后看到了一个香水瓶。这时，走到仓库漆黑的土墙前，我发现胡同到了尽头。女人在两尺远的前方，突然回首看了看我，然后又向右拐弯。这时，我突然产生了一种刚才面对鸟儿的心情，尾随着女人，立刻向右拐了。右拐之后，只见一条比刚才还长的胡同，狭窄而昏暗，一直延伸着。我听从着女人沉默的指引，在这狭窄昏暗、幽深无尽的胡同里，像鸟儿一样一直跟随着她。

# 变化

我们两个人在两张榻榻米大的二楼房间并排摆了两张书桌。那榻榻米的颜色黑红发亮，那情形直到二十多年后的今天，依然历历在目。房间朝北，在不足两尺高的小窗前，两个人几乎肩贴着肩，局促地预习着功课。当室内光线昏暗时，两个人会不顾寒冷，坚决地推开拉窗。那时，在窗户正下方一家竹篱笆内，有时会出现一位年轻姑娘，茫然地立在那里。在静静的黄昏时分，那姑娘的面容与姿态都显得格外美丽。偶尔我曾觉得："啊，真美呀！"便俯瞰许久。然而，我对中村①什么都不曾说过。中村对我也没说过什么。

---

① 中村：即中村是公。庆应三年（一八六七年）至昭和二年（一九二七年）。生于广岛市。明治二十六年七月毕业于帝国大学法科大学法律学科（英法）。曾任职于大藏省，明治二十九年任职台湾总督府，后任职总务省。明治三十九年转任南满洲铁路株式会社，明治四十一年十二月任总裁，招待漱石去满洲旅行。大正二年十二月辞职，后历任贵族院敕选议员、铁道院总裁、东京市长等。

现在我完全忘记了那姑娘的容貌，只记得她好像是木匠家的女儿。当然，她是住在长屋里的穷困人家的孩子。我们起居的地方，也是屋顶连一片瓦也没有的旧长屋的一部分。楼下混住着学徒和干事等十来个人。在风吹日晒的食堂里，我们吃饭时连木屐都不脱。饭费是一个月两日元，但极为难吃。不过，每隔一天还能喝上一次牛肉汤。当然，那汤里只浮着少许荤油花儿，肉香也只能在筷子尖儿上尝到一点儿。于是，私塾①的学生不停地抱怨着："干事太狡猾了，不给大家好吃的，太过分了。"

中村和我是这所私塾的教师。两个人都是每月拿五日元的工资，每天教两小时左右的课。我用英语教地理和几何学等。讲解几何的时候，我曾经

---

① 私塾：指的是江东义塾。位于本所区松阪町二丁目二十番地（现为墨田区两国二丁目与三丁目），设立于明治十七年，教授数学、英文、汉文。漱石在谈话《一贯不学习》中写道："那时正值大学预备门三年级、十九岁左右的时候。我家本不是富裕之家，便考虑着不从家里要学费，自己独立生活。于是，我领着每月五日元的工资，与中村是公一起一边做私塾教师，一边去听预备门的课。"

因为应该合成一条的直线怎么都合不起来而为难。然而，用粗线在复杂的图上画着画着，那两条直线便在黑板上合二为一了。这让我十分高兴。

我们俩早晨一起来，便走过两国桥，去一桥的大学预备门[①]上学。那时大学预备门的学费是每月二十五钱。我们俩把两人的工资杂乱地放在书桌上，从中拿出二十五钱的学费、两日元的饭费，还有若干洗浴费，剩下的钱装入腰包，然后到处游走，吃吃荞麦面、年糕红豆汤和寿司。花完了共同财产后，两人便完全不出门了。

在去大学预备门途中的两国桥上，中村曾经问我："你读的西洋小说里有美人出现吗？"我回答说："嗯，有的。"然而，到了现在，我丝毫记不起那是什么小说，出现过怎样的美人。中村从

---

① 一桥的大学预备门：东京大学预备门。在一桥外神田表神保町十番地（现为千代田区神保町一丁目）。明治十年四月合并了官立东京英语学校和东京开成学校普通科，附属于东京大学。修业年限为四年，升入东京大学都要通过该学校。明治十九年，它从东京大学独立出来，成为第一高等中学校。漱石入学的时候是明治十七年九月。

那时起就不读小说了。

有一次，中村获得赛船冠军时，学校奖励了他一些钱。他便用这些钱买了书，还有位教授在书里写上，谨以此作为某某纪念而赠等字句。中村那时说：“我不需要什么书，你喜欢什么我都给你买。”于是，他给我买了阿诺德的论文①和莎翁的《哈姆雷特》。那些书我至今还留着。那时我才第一次读《哈姆雷特》这本书，丝毫没有读懂。

从学校毕业后，中村立即去了台湾。之后我们完全没有再见过面，却不料在伦敦的正中心又不期而遇了。恰好是在七年前。那时候，中村依旧是从前的样子，而且有了很多钱。我和中村一起到处

---

① 阿诺德的论文：漱石藏书 M. Arnold, *Literature and dogma*, N. Y. Macmillan, 1883. 小宫丰隆《夏目漱石》“一二 江东义塾”里介绍书中献词“Imperial University Regatta/1889/Race for Mombusho Schools/won by Dai-Ichi-Koto-Chugakko”。后面还附上选手名字，最后写着“Presented to Y. Shibano. Esq.”。Shibano 即柴野，是中村是公的旧姓。此外，漱石的藏书（东北大学图书馆藏）中的 William Francis Collier, *A History of English Literature*, London, T. Nelson and Sons, 1885. 里也有一八八八年划船比赛获奖时颁发给中村是公的献词。

游玩。与以前不同的是，中村不再问我“你读的西洋小说里有美人出现吗”之类的话了，反倒是他对我讲了很多西洋美人的事。

回到日本后，又见不到他了。就在今年一月末，他突然派人来说：“我想和你聊聊，请来筑地的新喜乐[1]吧。”他让我正午前去，但那时已过了十一点，而且偏偏那天刮着非常大的北风。一出门，帽子和车子似乎都会被风吹飞一般。我那天下午还有非办不可的事务等着处理，于是让妻打电话过去询问：“明天不方便吗？”对方答道：“明天还要做出行准备什么的，这边也很忙呢……”说着说着，电话便断了。打了多少次，无论如何也打不通。“大概是风大的原因吧。”妻冻红了脸回家说。于是，我们到底没能见上面。

昔日的中村成了满铁的总裁。昔日的我成了小说家。满铁的总裁是做什么的，我完全不知道。中村也未曾读过一页我的小说吧。

---

① 新喜乐：是筑地三丁目有名的餐馆。

# 克莱格先生　上

克莱格先生[①]像燕子一般筑巢于四楼上。站在石板路旁边向上看，连窗户也看不见。从下面拾阶而上，爬到大腿有些酸痛时，才终于到了先

① 克莱格先生：Craig, William James。夏目漱石在伦敦前期的私人教师。漱石到达伦敦（明治三十三年十月二十八日夜）之后，开始在伦敦大学听凯尔（Ker）教授的课。后欲接受个人指导，便通过凯尔教授介绍，于十一月二十二日拜访克莱格先生。每周二一次，一小时五先令的价格去克莱格先生家里上课。该课程持续到翌年的八月左右。当时克莱格先生已是颇具代表性的研究莎士比亚的学者。他出生于北爱尔兰的伦敦德里州。父亲担任神职。他毕业于都柏林圣三一大学，并在毕业时获得银奖，进一步升学攻读MA。从本科时代，他便致力于英国文学的研究。曾在母校从事历史和文学的个人指导教师工作。一八七四年，他移居伦敦，继续担任个人指导教师。一八七六年成为威尔士阿伯里斯特维斯（Aberystwyth）大学的英语语言文学教授。在那里教授莎士比亚文学，他的热情对学生产生了深刻影响，此后从他的班里出现了优秀的人才。然而，他于一八七九年辞去此工作，在伦敦再次从事个人教授的工作。他每天去大英博物馆里埋头阅读，至死都把全部精力投入到莎士比亚的文献学和文学的研究。一八八三年，出版了精细校对的《辛白林》（*Cymbeline*）的第一辑再版，一八九四年从牛津大学出版社出版了一册全本的莎士比亚全集。这本书作为《牛津·莎士比亚》而闻名，并多次再版。（见下页）

生的门前。虽说是门，却并没有对开的门扉和门檐，只在不足三尺宽的黑门板上悬挂着一个铜环罢了。在门前休息一会儿，用这门环的下端咚咚地敲敲门板，里面便会有人来开门。

给我开门的总是一个女人。大概因为近视，她戴着眼镜，经常一脸惊诧。年纪约有五十岁上下，本应久经沧桑了，却还是大惊小怪的。她的眼睛瞪得那么大，以至于令人觉得连敲门都很过意不去。看到我，她说了句："请进。"

一进门，这女人立刻消失了。于是，我走进最外面的客厅——开始并没有想到那是客厅。那

---

（接上页）还从米修安出版社出版了《小四折版莎士比亚》四十卷（一九〇一——一九〇四年）。一九〇一年，跟随友人爱德华·道顿教授编辑《阿登·莎士比亚》（当时预定为四十卷），他作为总编辑十分活跃，同时还担任了《李尔王》（一九〇一年）的编辑。这项工作被誉为杰作。他临死前还在准备《科利奥兰纳斯》（*Coriolanus*）那一卷。他还是 Savage Club（一八五七年开设的艺术爱好者俱乐部）的常客，他作为学者的热情和对诗的热爱引起了许多人的共鸣。虽然他的研究并不讲究方法，但是他不辞辛劳地献身于编辑。他一生单身，在伦敦疗养院去世。其藏书收入莎士比亚出生地斯特拉福德（Straford-on-Avon）的公立图书馆中（摘自 *The Dictionary of National Biography*）。

里没有特别的装饰，只有两扇窗，摆着很多书而已。克莱格先生大抵都镇守在那里。他一看到我进来，便“呀”了一声，伸出手来。这是让我主动去握手的暗示，所以当然要握握手，但是对方从来不曾回握过。我也不怎么乐意去握手，心想索性免掉好了，但他还总是“呀”地一声，伸出那双毛茸茸、皱巴巴、一如既往消极的手。习惯，真是不可思议的东西。

这双手的所有者是为我解答问题的先生。初次见面时，我问他报酬多少。“这个嘛，”他向窗外一瞥，说道，“一次七先令如何？要是太多还可以再减少些。”于是，我按一次七先令的价格[①]，月末一起交纳。但有时也意外地受到先生的催促。他说：“你看，我需要点儿钱，你能交些吗？”我从裤子口袋里拿出金币来，也没包一下就直接递

---

① 一次七先令的价格，月末一起交纳：漱石在明治三十三年十一月二十二日的日记中写道“约好一小时 5shiling”，明治三十四年四月十六日的日记中写道“支付一英镑”。因此，最后还是按照克莱格先生所说的“要是太多也可以再减少些”的话，支付的应为五先令。

过去，先生接过去说了声，“呀！抱歉”，便张开那消极的手，放在掌上望了望，然后装入裤子口袋里了。最令人为难的是，先生决不找零。我想把余款转结到下月时，刚过一周他又催促，说什么“我有些想买的书”之类的话。

先生是爱尔兰人，语言颇为难懂。一旦急躁起来，便像东京人与萨摩[①]人吵架那样麻烦。他又是个非常粗心急躁的人，所以每当事态麻烦起来，我便听天由命，只望着先生的脸。

那张脸绝非寻常。因为他是西洋人，所以鼻子很高，但却分段，肉又长得过厚。虽然这点与我自己很相似，但这样的鼻子，乍一看是不会让人觉得爽快、产生好感的。但那满脸的杂乱无章，倒也有一种说不出的野趣。至于胡子之类，真是黑白杂乱得让人怜悯。有一次在贝克街[②]

---

① 萨摩：今九州南部，鹿儿岛县西部。

② 贝克街（Baker Street）：北面是摄政公园，南面是海德公园的热闹街道。明治三十四年二月九日，漱石致狩野亨吉、大冢保治、菅虎雄、山川信太郎的书信中谈到克莱格先生说，他“在‘贝克’街角落的二层楼，和女仆两人居住”。但是，实际上的住所却在这条街道西面的另一条格洛斯特 · 普雷斯五十五号 a 里。

遇到先生的时候，还以为他是个忘记带鞭子的马夫呢！

我从未见过先生穿白衬衫、白领子之类的服饰。他总是穿着一件条纹的绒衫，脚上穿着臃肿的室内用鞋。那脚直伸着，几乎要插入暖炉之中。有时还敲着短短的膝盖——那时我才注意到先生消极的手上戴着金戒指——有时不是敲打，而是一边磨搓着大腿，一边教我。不过，我却不知道他在教什么。听着听着，先生便引导着我去听他所喜欢的话题上去了，并绝不再回来。而且，他喜欢的东西，随着季节变迁与天气情况，会产生各种各样的变化。有时候，昨天与今天讲的可能是两个极端对立的内容。往坏处讲，差不多是胡说八道；往好处讲，他在面对我开展文学座谈。如今想来，一次只付七先令左右，根本不可能听到条理清晰的正规课程，因此，先生这么做是合情合理的，而发牢骚的自己则有些愚蠢。不过，先生的头脑也像其胡须所代表的那样，具有杂乱无章的倾向。所以，我没有涨价让他做高明的讲义却也不错。

克莱格先生 中

先生擅长的是诗。他读诗的时候，从脸到肩膀，整个人都仿佛泛起热浪一般颤动着。——这并非虚言，确实颤动过的。但他并非为我而读，而是自己一个人享受着朗读之乐，到头来是我的损失。有一次，我带去了一本斯温伯恩（Swinburne）的《罗莎蒙德》（*Rosamund*）。先生便说："给我看看。"他朗读了两三行，却忽然把书扣在膝盖上，特意摘下夹鼻眼镜来叹息道："唉唉，不行不行，斯温伯恩竟也衰老到写出这等诗了呐！"我想起要读读斯温伯恩的杰作《阿塔兰达》（*Atalanta*）就是在这个时候。

先生把我当作小孩子看待。"你知道这样的事儿吗？""你明白那样的事儿吗？"等等，他总是问我这些无聊之极的问题。可刚一这么想，他却又突然提出深奥的大问题来，一下子让我飞跃到同辈的待遇上去了。有一次，他在我面前读了沃森（Watson）的诗之后，问道："有人说这诗有些地方像雪莱，有人说完全不像，你以为如何？"我以为如何？我读西洋的诗，首先要用眼睛看一遍，然后再通过耳朵听才能够领会。所以，我随便敷衍了几句。如今忘记说的是像雪莱还是不像雪莱。然而可笑的是，先生那时照例敲着他的膝盖说："我也这么认为！"这让我大为惶恐。

有一次，先生从窗户探出头去，俯瞰着遥遥下界匆忙往来的行人，对我说道："你看，有那么多人经过，其中懂诗的人，一百个之中也没有一个，真是可怜呐。总体说来，英国人是不懂诗的国民呢！在这方面，爱尔兰人真是了不起，远比他们高尚。——实际上，像你我这样能品味诗的人，不能不说是幸福啊！"他把我归入懂诗的同类，我甚是感激。但相比之下，他待我却颇为冷淡。我未曾在这位先生身上发现温情这种东西，只觉得他完全是一位机械性讲话的老爷爷。

然而，却发生了这样一件事。我对寄宿的公寓甚为厌烦，想着也许可以寄宿在这位先生家里。有一天上完课后，便试着请求他。先生立即敲着膝盖说道："的确不错，我带你看看我家的房间，来吧！"说着便带着我从食堂、女仆室、厨房等看起，直到大体全看了一遍。本来这只是四楼里的一角，自然并不宽敞，两三分钟便都看完了。先生回到原来的座位上，我原以为他会拒绝我说："你看，这样的房间，所以没有收留你的地方呢！"没想到他却忽然讲起沃尔特·惠特曼（Walt Whitman）的事来。他说："从前惠特曼来过我家，暂住了一段时间"——他讲话很快，听不太懂，不过，好像惠特曼的确住过这里——他又说，"我开始读那个人的诗时，感觉那完全不像诗，但是读过几遍之后，渐渐觉得有趣，最后竟然非常爱读了，因此……"

收我做寄宿生的事情，却完全不知飞到何处去了。我只好顺其自然，"哦，哦"地应和着听他说。那时他似乎又说起，雪莱同谁吵架的事。他抗议说："吵架不好，因为吵架的双方我都喜欢，我喜欢的两个人吵架，真是非常不好。"可无论他怎样有异议，那都已经是几十年前的吵架了，所以也无可奈何。

先生很粗心大意，自己的书经常放错地方。这样一旦找不到，便非常焦急，仿佛着了火似的，冲着厨房里的老婆婆夸张地大声叫喊。这时，那位老婆婆也会带着一脸夸张的表情出现在客厅里。

“我、我的《华兹华斯》（*Wordsworth*）放在哪儿了？”

老婆婆依然把惊诧的眼睛瞪得如同盘子那样大，先大体看了一圈书架。但无论她如何惊讶，都非常之可靠，立刻找出《华兹华斯》（*Wordsworth*）来。然后，用略微嗔怪的口吻说，“给您，先生（Here，Sir）”，说着便摆在先生面前。先生像抢夺似的接过来，一边用两个手指啪啪地敲打着带污垢的封面，一边说，“你看，这华兹华斯……”便开始讲了起来。老婆婆的眼神越发惊诧，退回到厨房去了。先生敲打着《华兹华斯》（*Wordsworth*）足有两三分钟，却始终没有翻开这本好不容易叫人翻出来的书。

# 克莱格先生 下

先生时常寄信来，那字却潦草得根本看不懂。本来只有两三行，有的是时间反复读，但却无论如何也分辨不清。于是若是先生来信，我便断定他是有事不方便上课了，这样一开始就省去了读信的工夫。偶尔那位时常惊诧的老婆婆也会代笔，她的字就极容易看懂了。先生真是有个得力的秘书。先生曾叹息道："我的字写得很不好，真是为难。"然后说，"你写得要好多了。"

我很担心，他用这样的字写稿，写出来的东西会是什么样子。先生出版过阿登版的《莎士比亚全集》（*Arden Shakespeare*）。我曾感叹，那样的字竟然也有变为铅字出版的资格。即便那样，先生依然毫不介意地写着序言，做着札记。不仅如此，他还曾说，"你看看这序言"，便让我读他写的《哈姆雷特》的序言。我再次去的时候说序言很有趣。他便拜托道："你要是回到日本，一定要介绍这本书。”我回国后在大学讲课时，使用了阿登版《莎士比亚全集》（*Arden Shakespeare*）的《哈姆雷特》，受益匪浅。恐怕没有比那篇哈姆雷特札记更周全详细而又切中要点的文章了。只是当时我却没有感觉多么好。尽管在那之前，对先生的莎士比亚研究，我已经很是叹服了。

从客厅进去拐个直角，便有个六张榻榻米大的小书房。先生高高筑“巢”的地方，说实话，便在这四楼的一角。在这一角里面的又一个角落里，保存着对先生而言非常珍贵的宝物——那里摆放着十本左右、高约一尺五寸、宽约一尺的蓝皮记事本。先生只要一有空便把写在纸片上的字句抄入这蓝皮本里，仿佛守财奴积蓄铜钱一般，一点一滴地积攒着，这是他一生的乐趣。我来到这里不久便知道了，这些蓝皮本是《莎翁字典》的原稿。听说先生为完成这部字典，放弃了在威尔士某大学里教授文学的职位，以便有时间每天都去大英博物馆（British Museum）。他连大学的职位都放弃了，那么也难怪敷衍我这七先令的弟子了。日日夜夜占据着先生头脑的，只有这部字典。

我曾经问他："先生，已经有舒密特（Schmidt）的《莎翁字典》了，还要再编撰同样的书吗？"这时，先生不禁流露出轻蔑的神情，一边说道："看看这个"，一边拿出自己那本舒密特版字典。我一看，连舒密特的那两卷字典也没有一页不是黑黑地写满了字。我"哎呀"了一声，便吃惊地望着这本舒密特版字典。先生颇为得意地说道："你看，如果与舒密特写同样水平的东西，我完全不会如此辛苦费力呢。"说着他又伸出两个手指，开始"啪啪"地敲打着黑黑的"舒密特"了。

"您究竟从何时起开始这项工作的呢？"

先生站起来，走到对面的书架前一心要找出什么书来。又照例用那焦急的声音问道："珍妮、珍妮，我的道登（Dowden）哪儿去了？"不等老婆婆出来，他便急着问道登的所在了。老婆婆又一脸惊诧地出来了。然后，又照例用嗔怪的口吻说："给您，先生（Here，Sir）！"便回去了。先生完全不介意老婆婆的嗔责，如饥似渴地翻开书

“嗯，在这里。道登在这里清清楚楚地提到我的名字。特别写上研究莎翁的克莱格氏。这本书是一八七……年出版的，我的研究早在那之前，所以……”我完全折服于先生的耐力了。顺便试着问道：“那什么时候能写好呢？”“谁知道什么时候呢？写到死为止吧。”先生说着把道登放回了原处。

在此后不久，我便不再去先生那里了。离开前不久，先生说：“日本的大学里要不要西洋人的教授？要是我年轻的话，便会去吧。”说着无意中露出惆怅的神情。只有这一次，先生的脸上露出了感伤。我安慰道：“您不是还年轻嘛。”先生说：“哪里哪里，不知道什么时候出什么事呢！我已经五十六岁了。”他说着，便异常沉寂起来。

回到日本大约两年后，新到的文艺杂志上登载了克莱格氏去世的消息。只加了两三行文字，说明他是研究莎翁的专家学者。那时我放下杂志想，那本字典终于还是没有完成，变为废纸了吧。

本书译文的底本为：夏目漱石：《漱石全集》第 12 卷，岩波书店，2003 年 3 月第二次刊行。

其他参考文献为：

伊藤整、吉田精一编:《漱石全集》第 6 卷，百川书店，1971 年 1 月。
吉川久编：《漱石全集》第 16 卷，岩波书店，1979 年 7 月。

小 林 保 治 、 森 田 拾 史 郎 编 ：《 能 · 狂 言 图 典 》， 小 学 食 官 ， 1 9 9 9 年 7 月 。 西野春雄、羽田昶编：《新版 能·狂言事典》，平凡社，2011 年 1 月。